# 風花帖《かざはなじょう》

葉室　麟

JN251127

朝日文庫

本書は二〇一四年十月、小社より刊行されたものです。

# 風花帖《かざはなじょう》

文化十一年（一八一四）十一月十八日——

よく晴れた日だった。

九州、小倉《こくら》藩の小倉城下、勘定方印南新六《かんじょうがたいんなみしんろく》の屋敷に新六をのせた駕籠《かご》が着いた。

小倉城下は、このころ騒然としていた。

家中が二派に割れて争い、一派は小倉城にとどまり、一派は城下を出奔して筑前黒崎《ちくぜんくろさき》宿《じゅく》に籠った。このため、俗に、

——白黒《しろくろ》騒動

と呼ばれる騒ぎになっていた。小倉城にとどまった一派を白（城）組、黒崎宿に籠った一派を黒（黒崎）組と呼んだのだ。

新六の屋敷の門前では書院番頭菅源太郎《しょいんばんがしらすがげんたろう》の妻吉乃《きちの》が駕籠の到着を待ち受けていた。駕籠が着くとともに吉乃は駆け寄ったが、駕籠の下から赤い血が滴り落ちるのを見て一瞬、目を閉じた。

駕籠の傍《かたわ》らに膝をついた吉乃は、恐る恐る戸を開けた。駕籠の中では新六がうつむい

て事切れていた。襟をくつろげた腹は鮮血に染まり、首筋にも血が飛んでいる。片手にはまだ脇差《わきざし》を握り締めていた。

襟に一通の書状が差してあった。吉乃は涙ぐみながら書状を手にとって開いた。そこには、

――一旦出国致し主君を後にして何の面目有て再び君へ顔を合はす期を知らず、依《よっ》て切腹候也《そうろうなり》

とだけ書かれていた。隅々まで読んだが、新六の胸にあったはずの吉乃への思いはひと言も書かれていない。

「新六殿、あなたというお方は――」

吉乃は白い指先で新六の頬に散った血を拭い取った。新六の死顔は穏やかで、あたかも微笑《ほほえ》んでいるかのようですらあった。

「わたくしは今生《こんじょう》ではあなたと添えませんでしたが、来生《らいしょう》では必ず、あなたのもとへ参ります」

吉乃はつぶやくように言った。新六の頬を拭っていた指先に白雪がとまった。吉乃が見上げると、澄み切った青空を白雪が舞っていた。

――風花《かざはな》

である。雪が積もった白い山頂から風にのって雪が平地まで下りてくるのだ。

(このような風花を昔も見た覚えがある)

あれはいつのことだっただろうか、と思い出そうとした吉乃の目からひと筋の涙が流れた。

# 一

享和三年(一八〇三)正月五日――

寒気が厳しい日だった。

綿帽子をかぶり、白い花嫁装束を着た吉乃は、婚礼の席につくため渡り廊下を進みながら、風花を目にして微笑んだ。

青空に映える雪が花弁のようで、まるできょうの婚儀を寿《ことほ》ぐかのように感じられた。

この日、九州豊前《ぶぜん》で十五万石を領する小笠原家の江戸屋敷側用人《そばようにん》で禄高《ろくだか》七百石の菅三左衛門《さんざえもん》の嫡男《ちゃくなん》源太郎が、同じ家中の書院番頭三百石、杉坂監物《すぎさかけんもつ》の三女で十七歳の吉乃と国許で祝言《しゅうげん》をあげた。

小笠原家の祖先は源氏の正統である八幡太郎《はちまんたろう》の弟、新羅三郎義光《しんらさぶろうよしみつ》であるとされる。甲州巨摩郡《こまぐん》の小笠原に住み小笠原姓を名のった。

同じく新羅三郎義光を祖とし甲斐《かい》源氏の嫡流となった武田《たけだ》氏に対し、小笠原氏は庶流ではあっても格式は劣らない。

南北朝のころには、信州に進出して深志《ふかし》に住み、足利幕府の弓馬礼法の指南役を務めてきた。戦国のころ小笠原長時《ながとき》は武田信玄に攻められて城を失い、浪々の身となったが三男の小笠原貞慶《さだよし》のとき、名門好みの徳川家康に召し抱えられ、子の秀政の代になって松本城主に返り咲いた。

信州飯田《しんしゅういいだ》で五万石、ついで松本で八万石と加増され、大坂夏の陣での功により播磨国《はりまのくに》明石《あかし》で十万石となり、その後、小倉で十五万石となった。

小倉は実高二十万石とも囁《ささや》かれる豊かな領国で、小笠原家が徳川家の譜代大名として厚遇された裏には九州の玄関口を領して、九州の諸大名に目を光らせる総目付の役割が与えられているのだともいわれる。

三左衛門は藩主小笠原忠苗《ただみつ》のお覚えもめでたく、家老の犬甘兵庫《いぬかいひょうご》とは、若いころから知友の間柄だった。

三左衛門自身は江戸在府中だったが祝言の席には親戚だけでなく家中の歴々が居並び、中でも兵庫が出席したことは人目を引いていた。

にぎやかに酒が酌み交わされて談笑が進む中でひとりだけぽつんと手酌で杯を重ねて

いる羽織袴《はおりはかま》姿の男がいた。

勘定方百石の印南新六という吉乃の親戚だった。

印南家はもともと戦国のころは杉坂家の家来筋だったが、小笠原家の家臣として取り立てられるようになると数代にわたって縁組を行い、親戚となっていた。

それでも印南家の者は杉坂家に対して、憚《はばか》るところがあるのは先祖のことを思うからだろう。

また、小倉城下では五年前、武家屋敷から町屋まで百数十軒を焼く大火があり、そのおり、印南屋敷も類焼した。印南家のひとびとは親戚を頼って分散して世話になったが、新六は杉坂屋敷に住むことになった。

印南家では父の弥助《やすけ》が仮寓《かぐう》していた親戚の屋敷で他界するなどの不幸が続き、新六は杉坂屋敷に二年間留まることになってしまった。

新六は風采があがらぬ地味な男だが、座の中でひとり取り残されているのは、近頃まで江戸詰《づめ》で、三年ぶりに帰国して馴染《なじ》みの者が少ないからでもあった。しかも新六は藩内の派閥で言えば犬甘兵庫と敵対する小笠原出雲《いずも》の派閥に属している。

新六の父弥助は出雲から引き立てを受けたため派閥に入っていたからだ。新六もそれを引き継ぎ、出雲のもとへご機嫌伺いに行っていた。しかし三左衛門始め、源太郎や参列した若侍のほとんどが犬甘派だった。

言わば新六は犬甘派が集まった席に紛れ込んだただひとりの出雲派だった。しかも、このころ出雲は兵庫との争いに敗れ、藩主から咎《とが》めを受けて失脚、幽閉されていた。新六は敗れた派閥に属しながら、勝者である兵庫と縁が深い家の婚礼に来ていたのだ。このためひとりだけ座で浮き、まわりの者からは、

——何をしにきたのだ

という目で見られていた。三左衛門の親戚のひとりが隣の男に、

「おそらく出雲の派閥から、犬甘様のもとへ寝返りたいのであろうが。親戚の婚儀を利用するとは、みっとものうござるな」

と言った。相手の男は杯を口に運びつつ含み笑いして答える。

「なにせ、吉乃殿は評判の見目麗しき女人《にょにん》じゃから、菅様も大事にされるであろう。親戚としてその縁《えにし》にすがりたい気持はわからぬではないが、いまさら犬甘様が相手にされることはあるまい」

訳知り顔に言う男に相手もうなずいた。

「そうじゃのう。ほれ見なされ、先ほどから犬甘様は印南めを一瞥《いちべつ》もしておられぬ」

「犬甘様なれば奴の心底《しんてい》などとうにお見通しであろう」

ふたりは声をひそめて笑い合った。

犬甘兵庫はふたりの言葉通り、慶事の宴席にしては渋い峻厳《しゅんげん》な顔をして座っており、

ときおり献酬に来る者に気乗りがしない様子で杯を与えるだけだった。

兵庫は諱《いみな》を知寛《ともひろ》という。長坂守興《ながさかもりおき》の次男として生まれたが、犬甘家の養子となって千二百石を相続した。

安永六年（一七七七）には二十五歳で家老になり、十二年後、寛政元年（一七八九）に筆頭家老に上り詰めた。

この年、五十一歳になる。髷《まげ》には白髪がまじり始めているが鷹《たか》のように鋭い目をして高い鼻、分厚い唇の顔は精悍《せいかん》そのものだった。

家老としては辣腕《らつわん》で知られ、常盤橋《ときわばし》上流の新地を開拓したほか、呉服屋や質屋、米穀、薪炭《しんたん》商人などから運上金を取った。

さらに、櫨《はぜ》栽培など殖産興業に努め、倹約令を徹底させた。窮迫していた藩財政は立ち直り、百年にわたって続いていた藩士からの借り上げ米もなくなった。

兵庫の業績は大きかったが、一方で奢侈《しゃし》にふけっていると噂《うわさ》され、大坂や京の商人から莫大な借財も重ねているため、真の財政立て直しにはほど遠いと難じる声も藩内にはあった。しかし非難の声はいまのところ表立っていなかった。

婚礼の席に連なった兵庫の前にはお流れを頂戴したいという者たちが列をつくるほどであった。

兵庫は無表情にこれに応じていたが、ふと、それまで眼中に無かった新六に目を留めた。傍らの者に、あの男は誰だ、と訊《き》いた。勘定方の印南新六だと言われて、兵庫の目が光った。

「印南新六と言えば、御前試合で七人抜きをしたことがあったな。夢想願流《むそうがんりゅう》を遣うということだが、まことか」

訊かれて、傍らの者は、兵庫の詳しさに驚いた様子で、さて、それは、と首をひねっただけで答えなかった。

小笠原家は弓馬礼法の家だけに藩士たちの武術も折り目正しいもので、派手な武芸を嫌うところがあった。新六の七人抜きがすぐに忘れられたのも敗れた者への礼であったかもしれない。

兵庫の前に並んだ者たちも、何も言わなかったところを見ると、新六の流儀については誰も知らないのだ。却《かえ》って兵庫が新六の剣について何事か知っているらしいことに奇異な印象を受けたようだった。兵庫はそれに構わず、

「印南に杯をとらせる。これに呼べ」

と目の前の男に言った。男はやむなく新六を呼びにいったが、兵庫がなぜ新六に関心を持ったのだろうと訝《いぶか》しく思った。

たしかに新六が江戸詰となる直前、城内の広場で行われた御前試合の際に七人に勝ちを制して注目を集めた。

だが、その後、新六が江戸詰になったこともあり、ひとの噂になることもなかった。もっとも御前試合の際、木刀で立ち合った新六は七人目に出てきた重役の嫡男をなぜか激しく叩きのめして肩の骨を折る重傷を負わせた。

このため、お咎めを受けるのではないかと言われたが、重役が、

「武術の試合で怪我《けが》は付き物――」

と鷹揚《おうよう》な態度を示したため、事が荒立たずにすんだ。

御前試合でのことをあらためて持ち出されると、ああ、そんなこともあったか、と誰もが意外な気がするほどだった。

いずれにしろ新六は分をわきまえて控え目に杯を重ねていた。突然、目の前に来た男から、兵庫が呼んでいると告げられて、新六は困惑した表情になった。額が広い、やや頭でっかちな顔立ちだが、口もとは引き締まっている。

すでに二十歳だが、どことなく少年っぽさを感じさせる。いつも細い目を驚いたように見開く癖があるからかもしれない。

このときも目を見開いてまじまじと呼びにきた男を見返した後、視線を落としてから、

――参ります

と言葉少なに答えた。新六は腰をかがめて兵庫の前に進み出ると袴をさばいて座り、手をつかえて、

「勘定方の印南新六でございます」

と頭を下げた。兵庫のまわりにひとが集まり、その中に新六がいるのを離れた新婦の座にいる吉乃は案じるように見ていた。

吉乃には、新六が婚礼になぜ来たのだろうか、という思いがあった。

火災で焼け出され、杉坂家に寄寓していた新六は江戸詰から戻ると、新たな屋敷を与えられ、杉坂家にも一度、挨拶にきた。

そのときにはすでに縁組が決まっていたため、新六は遠慮して吉乃に会おうとはしなかった。だが、吉乃はできれば新六と会って話したいと思い続けていた。

それは、新六が御前試合の際、重役の息子に怪我を負わせるほど激しく叩きのめしたのは、吉乃に理由があったからだ。

二

三年前、吉乃は女中ひとりを供にして新年の挨拶で親戚を訪ねた。

用事をすませて帰ろうとしたおり、通りかかった素戔嗚《すさのお》神社から笛や太鼓の音色が聞こえてきた。この日、新年の祭りがあったのだ。

吉乃は幼いころから何度か素戔嗚神社の祭りを見に来ており、奉納される神楽《かぐら》踊りを見るのが好きだった。

「少しだけ見物していきたいのだけど」

さほど年が変わらない女中に言うと、同じ気持だったらしく笑顔でうなずいた。ふたりは神社の石段を上がり、境内に入った。

百姓、町人の人だかりができており、伸び上がって神楽を見ようとしていた吉乃はいつの間にか女中とはぐれた。

あまりのひとの多さに気分が悪くなった吉乃は社殿の傍らに行った。社殿のまわりの杉木立を吹き抜ける風が心地よかったため、つい木々の間に足を踏み入れた。すると、

「娘御、どこに参られる」

と男の声がした。振り向くと、まだ若い侍がひとりで立っていた。六尺（約百八十二センチ）を超える長身の屈強な体つきの男だった。顔に赤みがさしているのは酒のためのようだ。

男はにやにやと笑いながら言った。

「林の中に、なんぞ、よい物でもござるかな」

吉乃は見知らぬ男にいきなり声をかけられたのに驚いて、言葉も出なかった。頭を横に振ると、あわてて杉木立から出ていこうとした。すれ違った瞬間、手を男につかまれて驚いた。

「何をなさいます。お放しください」

吉乃は悲鳴のような声をあげた。しかし、男は手を放さず、熟柿《じゅくし》臭い息を吹きかけて笑った。

「何も怖がることはない。よいことをしようというのだ。よいことをな」

男は吉乃を林の奥へ引きずって行こうとした。

「おやめください」

吉乃は真っ青になって抗《あらが》った。すると、男はその場で吉乃を抱き寄せ、顔をそむける吉乃の口を吸った。吉乃が気を失いかけたとき、

――乱暴はおやめください
聞いたことがある声がして、吉乃ははっとした。声がした方に目を向けると、吉乃の屋敷に寄寓している印南新六が立っていた。

「新六殿、助けてください」

吉乃は男の腕から逃れて新六に駆け寄った。新六は素早く吉乃をかばった。男は不機嫌な顔で近づいて、

「貴様はなんだ」

と声をかけた。新六は、落ち着いた表情で答えた。

「勘定方、印南新六でございます。そちらの女人の屋敷に寄寓いたしておりますゆえ、

見過ごしにはできません。失礼ながらあなた様はご重役伊勢平右衛門《いせへいえもん》様のご嫡男勘十郎《かんじゅうろう》様にございましょう」

「わたしを知っているのか」

勘十郎は顔をゆがめた。女子《おなご》に不埒《ふらち》な振舞いをしたところを見られたうえに名まで知られているとあっては都合が悪いと思ったようだ。勘十郎はすっと新六に近づき、間合いを詰めた。新六の表情が変わった。

勘十郎の目には殺気がある。刀の鯉口《こいぐち》を切った。

「伊勢様、ご勘弁願えませんでしょうか」

新六が穏やかな声で言った。

「許せというのか。そなたは、わしとこの娘が逢引《あいび》きしているところをのぞき見たのだ。それが勘弁できぬのだ」

勘十郎が言うと、吉乃は青ざめて叫んだ。

「逢引きなどと嘘《うそ》でございます。わたくしは無理に手をつかまれたのです」

なだめるように新六は微笑した。

「吉乃様がさようなことをされぬことは存じています、この方はなんぞ勘違いをしておられるのです」

新六の言葉に勘十郎は目を怒らせた。

「勘違いだと。無礼を申すな」

　静かに勘十郎を見返した新六は意外なことを言った。

「伊勢様は、近く行われる御前試合にお出になるのではございませんか」

「ほう、お主も出るのか」

「さようでございます。ただいまのお話ではわたしに立腹されたご様子、されば御前試合の場にて決着をつけてはいかがかと存じます」

　平然と新六は言ってのけた。

「ほう、御前試合では相手を選ぶわけにはいかん。貴様がわしと立ち合うには勝ち抜かねばならぬぞ。わしには造作もないことだが、果たしてお主にそれができるのか」

　勘十郎は胡散臭《うさんくさ》げに凡庸な様子の新六を見た。

「それはやってみねばわからぬことでございます」

　あっさりと言った新六は、吉乃に顔を向けた。

「さあ、戻りましょう」

　吉乃はうなずいて、新六に寄りそった。勘十郎はその様子を見つつ、

「なんだ。せっかくの逢瀬《おうせ》がもう終わりとは残念な。また、次の機会を楽しみにいたしておるぞ」

　と嘯《うそぶ》いた。吉乃は蒼白《そうはく》になって歩いていたが、社殿が近づくと不意に涙ぐんでうずく

まった。新六がうろたえて、

「どうされました」

と訊くと、吉乃は絞り出すような声で言った。

「わたくしは、あのひとに汚されました。もはやどこにも嫁ぐことはできません」

勘十郎にふれられたことが耐えられないと若い娘の羞恥《しゅうち》で感じていた。新六は慰める言葉もかけられずにいたが、やがて、

「御前試合にて、彼《か》のひとを痛い目にあわせてやります。そうすれば二度と吉乃様の前には現れぬと存じます」

「でも、あのひとは腕に自信がありそうでした」

どこかぼんやりとした様子が見受けられる新六を心配げに見た。すると新六は振り向かずにするすると後退《あとじさ》りした。背中に目があるように社殿に近づいたところで、ふわりと飛び上がった。

欄干にのったかと思うと、さらに飛び上がり庇《ひさし》に飛びついた。庇に手をかけて体を回転させ、社殿の屋根に立ち、ぐらりと体を前に倒した。どうやっているのか、庇に足先だけでつかまって逆さにぶらさがった。

吉乃は目を瞠《みは》った。

(まるで蝙蝠《こうもり》のような)

と思っている間に新六は宙に跳んで体を回転させた。手足を広げて風を受けると袖と袴がはためいて翼に見えた。ゆっくりと鳥が舞うように下りてくる。

息を呑《の》んで吉乃が見つめていると新六は音も無く地面に降り立った。すたすたと吉乃に近づいて、

「ご安心ください。わたしが吉乃様をお守りいたしますから」

と小さな声で言った。そして、さらに声を低めて、

「このことは生涯かけて変わりませんぞ」

と付け加えた。吉乃は驚いて新六の顔を見つめた。新六がなぜ、そんなことを言ってくれるのかわからなかった。

吉乃は顔が火照り、いつの間にか耳たぶが赤くなっていた。思いのこもった言葉をかけられてみると、新六が杉坂屋敷に寄寓するようになってから、なぜかしら親しく言葉をかわしてきたことを思い出した。

まだ十四歳の吉乃は娘気分が抜けず、新六を兄であるかのように慕って、他愛《たわい》もないことを話しかけたりした。時折り、母の喜久《きく》から、はしたない、と注意されたが、吉乃は聞き流していた。

新六が温和で寡黙な人柄であり、吉乃の話を静かにうなずいて聞くばかりだったからだ。しかし、勘十郎に不埒な真似をされた吉乃を助けてくれた新六の落ち着いた様子や、

たったいま見せた妙技には、これまで吉乃が知らなかった男の匂い立つ艶めきがあった。胸のときめきを感じて吉乃は戸惑った。

「わたくしは――」

吉乃は言いかけたが、言葉が見つからなかった。何と言っていいのかわからない。しかし、嬉《うれ》しさが胸に込み上げてきているのは確かだった。

何も言えずにいると、吉乃を捜していた女中があわてて駆け寄ってきた。

「お嬢様、申し訳ございませんでした。お姿を見失いまして」

女中がしきりに詫《わ》びるのをなだめて、吉乃は新六に頭を下げた。女中が来たからにはふたりで屋敷に戻ることができる。新六とともに帰らない方がいいと思った。

新六はまだ、何か言いたそうにしていた。

それは、「このことは生涯かけて変わりませんぞ」という言葉に続くことではないかと思うと、吉乃は聞くのが恐ろしい気がした。

あらためて新六に礼を述べた後、吉乃は女中をうながしてそそくさと踵《きびす》を返した。

新六はため息をついて武骨に頭を下げて吉乃を見送った。

数日後に行われた御前試合で新六が六人を破った後、勘十郎と立ち合った。勝負は数合でついた。新六は、段違いの強さを見せて、勘十郎の木刀を撥《は》ね飛ばした。さらに尻餅をついて倒れた勘十郎の肩を打ち砕いたという。

試合の様子を吉乃は父から聞かされた。勘十郎に怪我を負わせたことで新六に咎めはなかったものの、間もなく江戸詰となり、杉坂屋敷を去った。

新六が江戸詰になったのは、御前試合で伊勢勘十郎に怪我を負わせたため、国許に置くわけにいかなくなったのだ、と噂された。吉乃は素戔嗚神社で助けられた後、新六と話をすることもなかった。

そして三年が過ぎ、新六が帰国したのは、吉乃の縁組が決まった後のことだった。

## 三

犬甘兵庫は吉乃の婚礼の席で仏頂面をして新六に杯を差し出した。

新六が銚子を手にして酒を注ぐと兵庫はぐいと飲み干した。そして空の杯を手にしてしばらく眺めながら、

「印南、きょうは何の狙いで参ったのだ」

と訊いた。新六は戸惑いの表情を見せた。

「なぜ、と仰せられましても。それがしは花嫁である吉乃様の親戚でございますれば」

「それだけで参ったと申すのだな」

兵庫に鋭い目で睨《にら》まれた新六は細い目を見開いて驚いた表情をしたが、やがて微笑を

浮かべて答えた。

「それだけでございます」

そうか、とうなずいた兵庫は杯を差し出して新六にとらせた。銚子に手を伸ばしながら兵庫は声をひそめた。

「そなたは小笠原出雲殿の派閥におるそうだな」

「亡き父が出雲様を敬っておりましたゆえ」

「そなたは違うというのか」

「父も亡くなりましたし、さほど、派閥というものに関心を持っておりません」

兵庫はうなずいて新六の杯に酒を注《つ》いだ。

「いま、出雲殿は幽閉されておるゆえ、派閥はないも同然だ。まして父上も亡くなられたからには、そなたがいかように身を処そうともかまわぬはずだな」

兵庫に押しつけるように言われて、新六は眉根にしわを寄せて黙った。何も言わずに杯を見つめる新六に向かって兵庫はさらに言葉をかけた。

「そなたは夢想願流を遣うそうではないか。流派の秘伝に〈足鐔《そくたん》〉なる秘伝があるそうだが、まことか」

いきなり訊かれて、新六は鈍い表情になった。なおも口を開こうとしない。その様子を見て、兵庫は笑った。

「なるほど噂は間違いではないようだな」

夢想願流の祖は文禄《ぶんろく》二年（一五九三）、信州に生まれた松林左馬助《まつばやしさまのすけ》である。左馬助は年少のころから山野を駆け回って剣術修行に明け暮れた。長じては関東郡代伊奈半十郎《いなはんじゆうろう》に剣術指南をしていたが、評判を聞いた仙台藩主伊達忠宗《だてただむね》に招かれ、召し抱えられた。

忠宗は召し抱える際、藩内の者たちに左馬助の腕前を知らしめようと柳の葉を斬り払い、水面《みなも》に落ちるまでに何度斬ることができるかを見たいと所望した。

左馬助はこれに応えて十三片《ひら》に斬ったという。

慶安《けいあん》四年（一六五一）、五十九歳のとき、三代将軍家光に招かれて江戸に出ると剣技を上覧に供した。この際、左馬助は〈足鐔〉と呼ぶ技を見せた。

稽古相手が打ち込んだ木刀を足で踏み落とす技で、さらに相手が踏まれた木刀を撥ね上げようとすれば、その勢いに乗って宙に舞い上がった。

左馬助は高々と跳んで、御殿の庇に袴の裾がふれた。家光は感嘆して、

——蝙蝠が飛翔するごとき至妙の技なり

と褒《ほ》め讃えた。

左馬助はこれにちなんで、その後は蝙也斎《へんやさい》と名のるようになったのである。

その夢想願流を修行したのであろう、と兵庫に指摘されて新六はなおも答えず、貝の

ように口を閉ざしている。傍らの者が見かねて、

「ご家老様がお訊きなのだ、返事をいたさぬか、新六――」

とたしなめた。しかし、新六はなおも答えようとはしないが、傲慢な様子はなく、却って答えられぬことに困惑しているかのようだった。

兵庫は何事か感じ取ったらしく、

「答えずともよい。その酒を飲め。そしてこれからはわしの派閥の会合に出るようにいたせ。だが、無理はしなくともよいぞ」

と告げた。思いがけなく、優しさのこもった声音だった。

新六はしばらくためらうように杯を眺めていたが、不意に口もとに運び、ごくりと酒を飲んだ。その様を見て兵庫は満足げにうなずいた。

新六はなおも戸惑いの色を隠さず、呆然と座り続けている。


この日の夜、吉乃は新床《にいどこ》を迎えた。

源太郎は色白で眉が太く面長のととのった顔立ちをしており、何より目が澄んでいるのが、吉乃にはまぶしく感じられた。

寝所で白い寝間着に着替えて源太郎と盃《さかずき》をかわすと緊張のあまり、頭の中が真っ白になっていた。そんな吉乃の気持をほぐそうと思ったのか、源太郎は盃を口に運んだ後、

「印南新六殿とは面白い御仁だな」

と意外なことを口にした。

「さようでございましょうか」

　緊張していたはずの吉乃はなぜかあっさりと言葉を発することができた。新六の顔を思い浮かべただけで心がくつろぐのが不思議だった。

　源太郎は微笑を浮かべた。

「きょうの婚礼は犬甘ご家老がお出でになったゆえ、言うならば犬甘派の者だけの集まりであった。そこに小笠原出雲様の派閥にいる印南殿が来られたゆえ、皆、驚いておった」

「さようでございましたか」

「しかも、印南殿を犬甘ご家老は婚礼の席で派閥に入れてしまわれた。まことに奇妙なことだが、印南殿が初めからそれを狙っていたとしたら、油断がならぬな」

　やわらかな物言いだったが、源太郎の言葉にはひややかなものがあった。新六は源太郎から好意を持たれていないようだ、と感じると吉乃は悲しくなった。

「新六殿は不器用なお方ですから」

　何気なく吉乃が言うと、源太郎は目を細めて吉乃を見据えた。

「そなたは印南殿を名で呼ぶほど親しいのか」

源太郎の言葉にさらにひややかさが加わった気がしたが、吉乃にはそのわけがわからず、

「新六殿は火事でお屋敷が焼けてしまい、杉坂の屋敷においででしたから」

「そのことなら知っておるが――」

源太郎は途中で言葉を切った。しばらく考えてから、

「上原《うえはら》殿が気になることを言われるのだ」

と、ぽつりと言った。

「どのようなことでございましょう」

吉乃は源太郎の秀麗な顔をうかがい見た。

婚礼の席には儒学者の上原与市《よいち》が来ていた。与市は、三十歳すぎでもともと藩校思永《しえい》館《かん》の句読《くとう》師《し》だったが、才幹を兵庫に見出されて侍講に登用されていた。

与市は学者らしい秀麗な顔立ちで、源太郎のそばにきて酒を注ぎ、丁重に祝いの言葉を述べた。

そうこうするうち、兵庫が新六を呼んで何事か話しているのを見た与市はふたりの前から立ち上がった。

さりげなく兵庫の傍らに座った与市は新六に鋭い目を注ぐと、兵庫の耳もとに顔を寄せて、何事か囁いた。だが、その言葉は兵庫の気に入らなかったらしく、

——余計なことを申すな

と叱責された。

その声は源太郎と吉乃の耳にも届いた。やむなく与市は口を閉じ、なおも新六を見据えていたのを吉乃は思い出した。

「上原殿は印南殿が小笠原出雲様の派閥から放たれた間者《かんじゃ》ではないかと疑ったそうだ。しかし犬甘ご家老はそのような見方を一蹴された」

「新六殿はさような方ではございませんもの」

なぜ、新六をかばい立てしてしまうのだろうと自分でも訝しく思ったが、かといって黙っている気にはなれなかった。

源太郎は機嫌を悪くした様子はなく、淡々と話した。

「だがな、上原殿が言われるには、印南殿は鳥でも獣でもない。蝙蝠のような御仁ではないかということだ」

「そのようなおっしゃられ方をされては新六殿がお気の毒でございます」

吉乃は新六がかわいそうだ、という気がした。

「ではなぜ印南殿はきょうの祝言に来られたのだ。なるほど杉坂家と印南家は親戚筋ではあろうが、もとは杉坂家の家来筋のはずだ。なにもそなたの婚儀に来て白い目を向けられる必要はないではないか」

源太郎に言われてみれば、その通りだが、吉乃には新六が来た気持はわかる気がした。

(新六殿はわたくしに会いたかったのではないだろうか)

ただそれだけの思いで新六は場違いな婚礼の席に姿を見せたに違いない。

それは不器用で、自らの気持を表すことが下手な新六らしい振舞いだと思えた。しかし、老練な兵庫はそんな新六を強引に自分の派閥に入れてしまった。

新六にとっては思いがけないことだったろう。それが新六にとって身を誤ることにならねばよいが、と吉乃は案じた。

吉乃がそんなことをぼんやり考えていると、盃を置いた源太郎が、

——吉乃
と声をかけ、床に誘ってから燭台《しょくだい》の火を吹き消した。闇の中で身を固くして源太郎に抱かれながら、吉乃の脳裏には新六の少し戸惑ったような顔が浮かんだ。

新六は毎年、屋敷の軒先にやってきて巣をつくる燕《つばめ》に似ているという気がした。

その燕がなぜか三年ほど姿を見せず、ようやく戻ってきたときには屋敷の主人が変わり、軒下に巣をかけることは許されなくなっていた。

(戻られるのが遅すぎたのです)

吉乃は源太郎の熱い息を感じながら、不意に悲しみが胸にあふれるのを覚えた。脳裏に浮かんでいた新六の顔がゆらぎ、遠ざかっていく。

# 四

犬甘派に入った新六は間を空けず三日後には菅家を訪れた。兵庫は派閥の者をいくつかの組に分けて、連絡を取り合うようにさせていたのだ。

源太郎のもとには上原与市、直方円斎《あたいほうえんさい》、早水順太《はやみずじゅんた》らが集まっている。

方円斎は名を円之輔《えんのすけ》という。五十歳を過ぎて方円斎と号した。白髪まじりの総髪にしている。しなやかな体つきで丸顔に柔和な表情を浮かべている。

方円斎は眼心《がんしん》流剣術、制剛《せいごう》流柔術、以心《いしん》流居合術、高田《たかだ》流槍《そう》術などの十二流派を極めて方円流を創始した剣客だった。また、早水順太も宝蔵院《ほうぞういん》流の槍《やり》の遣い手として知られていた。

源太郎のもとに集まっているのは犬甘派でも学者の与市と剣客の方円斎など精鋭ぞろいだった。そこに新六が入れられたのは、与市があくまで新六を出雲派の間者と疑っていたからだ。

与市は新六について、

「わたしの目で不審がないかを探り、胡乱《うろん》な振舞いがあれば直殿に始末していただこう」

と源太郎に話していた。

しかし、新六はそのような疑念の目にさらされているとは思いもしないらしく、菅家を訪れる機会が増えたことを素直に喜ぶ風情で通ってきた。

会合ではさしたる発言はしなかったが、訪れるのは一番早く、源太郎の新妻である吉乃が茶を出すと、さりげない会話を二言、三言した。

会合での新六は寡黙で愚鈍な様子だった。

同席した早水順太などは、新六をあからさまに軽んじる気配があった。

会合が終わり、新六は直方円斎や早水順太とともに菅屋敷を辞去した後、帰路、道沿いにある小さな川にさしかかった。

小川の水面が新春の日差しに白く輝いていた。このとき、方円斎が何を思ったのか、戯れるように、とん、と新六の背中を突いた。

新六ははずみで川に落ちるかに見えた。しかし、すっと川を跳び越えると反対側の道に立ち、方円斎に会釈してすたすたと歩いていった。

その様を見た順太は川幅を推し測りつつ、

「なんという奴だ」

と恐れるようにつぶやいた。常人が飛び越せる川幅ではないと思ったのだ。

方円斎は黙っていたが、何を思ったか、その場から菅屋敷に引き返した。客間にふた

たび上がると、まだ話をしていた源太郎と与市に向かって、

「印南殿の天与の才は侮り難くござるぞ」

　と方円斎はむしろ楽しげに言った。

「直殿がさように言われるとは、思いもよりませんでした」

　与市が眉をひそめた。方円斎はそれに拘《かかわ》らず、

「それがしは印南殿の背を突き、川に落とそうとしました。しかし、印南殿はその力に逆らわず、川を跳び越えたのでござる。それがしの気配を察し、押す力にのって動く境地はただ者ではござらぬな」

　と言いながら、与市に顔を向けた。

「上原殿は彼の者をお疑いのようでござったが、それがしが見たところ、あの男に邪念はありませぬ。ただ、邪念なきゆえに危うくないかと言えば、そうも申せませぬが」

「それはいかなる意味合いでござろうか」

　与市は首をかしげた。

「邪念ある者は利害をもって説けば味方にできますし、敵にまわるのもわかりやすい。しかし、直《す》ぐなる心しか持たぬ者はいかなる理由で味方となるか、敵となるか予測し難いのでござる」

「では印南新六は敵になるやも知れぬとお考えでございますか」

「それはわかりませぬ。しかし、敵にまわせば、恐るべき敵、味方にすればこれ以上なき味方でござろう」

方円斎はさりげなく言った。そして渋い声でつけ加えた。

「彼の者は方円の器に従うこと水の如《ごと》し、わが流儀の真髄に通じます。されど、心底に何があるかは誰にもわからぬやもしれませぬ」

源太郎は方円斎の言葉を吟味するように聞いていたが、やがて何事か思いついたように微笑を浮かべた。


この日の夜、源太郎は吉乃にふと思い出したように新六のことを話した。

「印南殿は、もともとそなたの実家の家来筋であったということだな」

「さようではございますが、もう何代も前のことでございますから。いまは親戚でございます」

「とは申しても、昔を忘れるようでは武士ではない。印南殿にはそなたを主筋《しゅうすじ》と思う心があるのではないか。だからこそ、派閥を移ってまでそなたとの縁を深めたようにわたしには思える」

源太郎は腕を組んで言った。

「さようでしょうか」

新六にはそんな思いもあるかもしれない、と思ったが、それなら実家の杉坂家に尽くせばすむことではあった。それだけに新六の思いは計り難いところがある。

とは言え、新六にしても、何も深い思いを抱いているわけではないはずだ。

ただ、しばらく寄寓した杉坂家でわずかながらも言葉をかわした吉乃に親しみを覚えているだけではないか。

吉乃は自分に言いきかせた。三年前、新六に窮地を救われたおりに胸にときめくものがあったが、あれも若い娘の気の迷いだったろう。

派閥の会合で訪れた新六の顔に浮かんでいたのは、旧知の者への親しみ以外の何物でもなかったと思える。

そう考えて吉乃は心を落ち着けた。源太郎はなおも新六のことを考えているようだったが、やがて、

「縁とは不思議なものだな」

と言った。吉乃が不思議な顔をすると、源太郎は笑顔になった。

「そうではないか。そなたを娶《めと》ると、本来ならわが家を訪れることがなかったはずの印南殿がやってくるようになった。しかも、印南殿は直殿が認めるほどの剣士なのだ。わたしは居ながらにして強い味方を得たのだ。これもそなたを妻にしたおかげかもしれぬと思っておるぞ」

源太郎のやさしい言葉に吉乃は胸が熱くなった。そんな思いをもたらしてくれたのが新六だとすると感謝しなければいけないのではないか、と思った。

婚礼の晩、新六はひさしぶりに軒先に戻ってきた燕のようだ、と思ったが、あるいは吉乃の嫁ぎ先を知って、ふたたび巣を作りにきた燕なのだろうか。

そうだとすると、新六は菅家と吉乃に幸いをもたらしてくれるのかもしれない。源太郎も同じような思いを抱いているようで、

「いずれにしても印南殿がわが派に加わったことは、わたしにとって心丈夫なことに思える。そなたも、今後、印南殿が屋敷に参られたおりには丁重にいたしてくれ」

と告げた。

源太郎の言葉にうなずきながら、吉乃はこれからも新六が屋敷を訪れるのだ、と思うと心楽しい気がしていた。

夫婦が語り合う夜がふけるにつれて、庭では綿雪が降り積もっていた。


正月十九日に小倉城下で騒動が起きた。

兵庫が進めてきた厳しい年貢の取り立てに反発する農民二千人が村から押しかけたのだ。藩では郡方《こおりかた》や町奉行所の役人が出張って騒ぎを鎮めようとしたが、農民たちの憤りは治まらず、あくまで年貢の減免を求めた。

兵庫がこれまで年貢の取り立てを厳しくしたことで〈潰れ百姓〉が出て本百姓は減り、残りの者への負担が増え、村から逃げ出す者が相次いでいた。それだけに農民の不満はたまっており一触即発だったのだ。

夜になっても農民たちは城下から去ろうとせず、薪をかきあつめて篝火《かがりび》を焚いて気勢を上げた。さながら一揆の様相を呈してきており、無理に抑え込もうとすれば農民は騒乱を起こし、小倉城下は火の海となるかもしれなかった。

藩では対策を講じようとしたが、その中で思いがけず、兵庫への批判が噴出した。執政だけでなく組頭《くみがしら》も加わっての評定で兵庫の責任を問う声がいっせいに上がったのだ。

犬甘派の重臣たちが思わず口をつぐむほど、兵庫への非難は熾烈《しれつ》を極めた。兵庫は木彫りの面のように無表情な顔で黙して聞いていたが、不意に鋭い声を発した。

「そうか。謀りおったな」

兵庫はかっと目を見開いて一座の者たちを見回した。

倒したはずの政敵小笠原出雲の派閥に属していた者たちの顔が多く見られた。しかも先ほどから兵庫を批判し、悪し様《あしざま》に罵る声を上げているのは、ほとんどがかつての出雲派の者たちなのだ。

これまで犬甘派が大勢を占めてきた評定の場にいつの間にか出雲派が入り込んでいた。

しかもその人数は侮り難く、発言する者の舌鋒《ぜっぽう》も鋭かった。

「百姓どもの騒ぎも仕組みおったのだな」

ひややかに兵庫は笑った。

農民たちの騒ぎから評定の場での兵庫への攻撃まで、出雲派が入念に仕組んだことが手に取るようにわかった。

失脚した出雲はまだこれだけの策を練る力を残していたのだ。兵庫はこのような事態への予見があった。

兵庫をこれまで重用してきた藩主忠苗は近頃、健康が優れず、養嗣子の忠固《ただかた》に家督を譲ろうと考えていた。

忠固は播磨安志《あんじ》藩主小笠原長為《ながため》の長男だったが生母が側室だったため正室に男子が生まれると次男とされた。しかし、却ってそれが幸いし、本家である小倉小笠原家に嗣子がいなかったことから忠苗の養子となったのだ。

生母の身分ゆえに実家の家督を継げなかったことが心のしこりとなっていたためか、忠固は野心が旺盛だった。

家督を継いだ際には、藩政を牛耳《ぎゅうじ》っている兵庫を除きたいとひそかに狙っている気配があった。この忠固に出雲派は結びついたのだ。

兵庫が新六を強引に自分の派閥に引き入れたのは、やがて始まるであろう忠固との暗闘に備えるつもりだった。しかし、出雲に先手をとられたのは兵庫の失敗だった。

「ふむ、せっかく手駒を手に入れたと思ったが、遅かったか」

兵庫は無念げにつぶやいた。

藩内での兵庫への非難の声はなおも収まらなかった。これを知った農民たちは目的を達したとみたのか、城下から去っていった。

その後、忠苗は出雲の処分を許した。この際、兵庫の失政が追及されるとともに出雲を失脚させ幽閉していた罪も問われた。

もはや兵庫は抗弁せず、四月には企救郡頂吉村《きくぐんかぐめよしむら》に幽閉された。

このことは犬甘派のひとびとを愕然《がくぜん》とさせた。出雲派の策謀に抗する術《すべ》もなく、あれよあれよという間のことだったからだ。

間もなく出雲が家老に返り咲いた。

五月になって源太郎の屋敷に与市と方円斎、順太、それに新六が集まった。

源太郎は犬甘派の幹部たちが集まって話し合ったことを伝えた。

すなわち、兵庫が幽閉されて安否が気遣われる以上、当面は軽挙妄動を慎むしかない、というものだった。

「それでは出雲様の思うつぼですな」

方円斎が慨嘆するように言った。順太も腕を組んで、

「このままなにもせずにいては犬甘派は、なし崩しになってしまいますぞ」

とつぶやいた。すると、与市が膝を乗り出した。

「いや、いまは隠忍自重せねばなりません。何となれば頂吉村の兵庫様のお命が心配だからです」

声を低めて与市が言うと、新六が口を開いた。

「毒飼いですか」

これまで会合に出ても、特に何も言おうとはしなかった新六がいきなり思い切ったことを言い出したことが皆を驚かせた。

源太郎がさりげなく言った。

「まあ、さような噂をする者もいるから、われらは気をつけねばならぬということでございましょう」

しかし、与市は源太郎のなだめる言葉を聞かなかったかのように言葉を継いだ。

「印南殿には何か聞き及んだことがおありなのか」

言われて、新六は目を驚いたように見開いた。

「いえ、それがしは思ったことを口にしたまででござる。何も聞いてはおりませぬ」

「そうですかな。そこもとはこれまで出雲派におられたのだ。そのあたりから何か聞か

れておられるのではないか」

執拗《しつよう》な与市の問いに新六はゆっくりと頭を横に振っただけで何も言わなかった。かわって源太郎が口を開いた。

「かようなことで言い争いになることこそ、出雲派の思い通りになることです。慎まれたがよい」

源太郎の言葉によって話は締めくくられ、会合は終わった。一同が辞去したが、最後に玄関を出ようとした新六に源太郎は声をかけた。

「妻が茶を点《た》てると申しております。印南殿に客となっていただけるとありがたいのですが」

新六は一瞬、顔を輝かせたが、すぐに戸惑いの色を浮かべた。

「なぜ、またそれがしにでござろう」

首をかしげる新六に源太郎は笑いかけた。

「妻は印南殿とは親戚でもあり、親しくもさせていただいたと聞いております。されど、近頃はお会いすることもまれゆえでござる」

新六がやや緊張した面持ちでうなずくと源太郎は先に立って渡り廊下を通り、奥まったところにある茶室へと案内した。すでに吉乃が釜の前に座ってふたりを待っていた。

源太郎と新六が着座すると、吉乃はゆるやかな所作で茶を点て始めた。

新六はうっとりとした様子で吉乃の点前を眺めていた。やがて、吉乃が赤楽茶碗《あからくちゃわん》を新六の前に置いた。新六は茶を喫し、

「結構なお点前《てまえ》でござる」

とかすれた声で言い、源太郎の前に茶碗を置いた。源太郎は静かに茶を喫してから口を開いた。

「実は印南殿に話しておきたいことがござる。これは妻とも相談いたしたことなのでござるが」

源太郎が言うと吉乃も顔を新六に向けた。新六はどぎまぎして、源太郎の顔をうかがい見た。源太郎は微笑して言葉を継いだ。

「わたしは印南殿ほどの腕の立つ方がわが派に加わってくれたことを妻とともども喜んでおりました」

「いや、さように言われましては――」

新六が困った顔をするのを源太郎は手で制した。

「ですが犬甘様が蟄居《ちっきょ》されたからには、わが派の行く末は暗いと言わねばなりません。印南殿は、たまたま妻との縁でわが派に加わられたばかりでござる。何も印南殿が運命をともにするいわれはござらん。先ほどはあのように申しましたが、印南殿は派を離れられたがよいと存ずる」

源太郎がきっぱり言うと吉乃もうなずいた。

「差し出がましゅうはございますが、わたくしもさように存じます。印南殿には別な道を行かれるべきではありませんでしょうか」

何も敗れ去る派閥にいる必要はない、という思いが吉乃の言葉にはこもっていた。

新六はしばらく考えてから、にこりと笑った。

「さて、困りました。ただいまのようなお話をうかがえば、わたしはますます犬甘派から離れがたくなりました」

「印南殿――」

源太郎が困った顔をすると、新六は急いで手を振った。

「いや、心にもないことを申しておるわけではござらん。実はおふたりの婚礼のおり、犬甘様から強引に派閥に入れられて困ったと思っておりました。されど、おふたりの話を聞けばそれがしがいるべき場所は犬甘派しかないことがわかり申した」

「それでは印南殿の将来を失うことになるやもしれませんぞ」

念を押すように言うと、新六は深々とうなずいた。

「承知しており申す。有体《ありてい》に申せば、それがしはおふたりとともにいたいのでござる。それだけのこととご承知おきください」

新六は言い終えると、いきなり頭を下げて、茶を美味《おい》しくいただきました、これにて失礼いたす、と言い、そそくさと茶室を出ていった。

風のように新六が去ってしまい、源太郎と吉乃はあっけにとられたが、やがてどちらからともなく笑い声がもれた。

庭の木々の緑が日ごとに濃くなっていた。

# 五

兵庫は幽閉された後、村の子供たちに学問を教えるなど悠々と過ごしたが、この年、十一月十八日に没した。

だが、兵庫の死を藩はしばらく秘していた。十二月になって、兵庫が亡くなったという報《しら》せを菅屋敷にもたらしたのは上原与市だった。

朝から霰《あられ》が降り、屋根瓦にからからという音をさせていた。

報せを聞いた源太郎が最初に思い浮かべたのは、新六が口にした、

――毒飼い
という言葉だった。

幽閉された兵庫が、その年のうちに亡くなったのはいかにも疑わしかった。しかし、仮に毒を盛られたとしても、証拠など出てくるはずがない。あくまで病死ということに

なるだろう。

与市は、やおら懐から一通の書状を取り出した。

「犬甘様がわたしへ送ってこられた書状です。残念なことに、われら犬甘派への遺書となり申した」

源太郎は深沈とした表情で、

「拝見いたしてよろしいでしょうか」

と訊いた。与市は黙したままうなずいた。源太郎は書状を開いて読み進んだが、しだいに顔色が変わっていった。

失脚して蟄居した兵庫はなおも政《まつりごと》への関心を失っておらず、返り咲きを図ろうと策をめぐらしていたことが書状からはうかがえた。

兵庫は忠固には幕政に参与したいとの野望がある、と見ていた。だが老中になろうとすれば、幕閣への付け届けなどの運動費が膨大なものになる。兵庫が家老であれば、はねつけて忠固を諦めさせただろう。

だからこそ、出雲と組んで兵庫を追い落としたのだ。

出雲にしても藩政を預れば、忠固の野望が重荷であることに変わりはない。しかし、忠固によって藩政に返り咲くことができたからには、逆らうことなど決して許されないだろう。

忠固の野心が小倉藩にとって大患になる恐れがあると述べ、それを防ぐには時機を待って非常の手段をとることを考えねばならないとしていた。

「まことに犬甘様の見られたごとくになれば恐ろしきしだいでござるな」

源太郎は書状を巻きながら、ため息をついた。与市は大きく頭を縦に振った。

「さよう、さすがに殿も家督を継がれて早々に幕閣入りは望まれますまい。しかし、いずれそのときが来ます。そのおりにこそ、わたしどもは犬甘様の志を継がなければならないのです」

与市は思い詰めた目をして言った。源太郎は与市が何を考えているのだろうと懸念しながらもうなずいた。

兵庫の施策は厳格に過ぎたが、それでも藩の財政を立て直したのは事実だった。それがまた藩主の野望の犠牲となってはたまらない、というのが源太郎の本音でもあった。

「しかし、非常の手段をとると言っても、どのようにしたらよいものか」

源太郎が困惑を口にすると、与市は膝を乗り出した。

「犬甘様はそこまですでに考えられ、わたしに策を授けておられました。さらにはそれを実行する義士をそれがしに託されていたのです」

「義士ですと？」

源太郎が首をかしげると、与市は厳かな口調で三人の名を告げた。

直方円斎
早水順太
印南新六
である。源太郎は意外な思いがした。方円斎と順太はかねてから犬甘派におり、兵庫の遺志を継ぐことに異議はないだろう。しかし、新六は今年の初めに犬甘派に入ったばかりで、与市はかねてから新六に疑いを抱いていたはずだ。
源太郎がそのことを言うと与市は、ゆっくりと頭を横に振った。
「いや、犬甘様は印南殿が役に立つと見込まれたゆえ、派閥に入れられたのです。犬甘様の目に狂いはないと思います。幸いなことに印南殿は菅殿のご妻女を主筋とも思うておられるとか。その縁を大事にしてつなぎとめてくだされ。そのことがきっと役に立つ日が参りますぞ」
与市の強い言葉に源太郎はうなずくしかなかった。
この日、吉乃は近頃、病で臥《ふ》せっているという実家の父杉坂監物を見舞っていた。
監物は昨年、吉乃の兄秀五郎《ひでごろう》に家督を譲り、隠居していた。それ以来、気力が落ちたのか、風邪などを引きやすくなり、度々、寝込むようになっていた。
屋敷に上がると母の喜久が、監物は数日、熱が出て寝込んでいたが、きょうは来客があって起き出し、客間で碁の相手をしているのだという。

「まあ、さように無理をなすってはお体に障られましょう」

吉乃が案じると、喜久は微笑んだ。

「お客といっても新六殿ですから。ご存じでしょう、父上は昔から新六殿がご贔屓《ひいき》で、来られると碁を囲むのを楽しみにしておられます」

新六が来ていると聞いて、吉乃は胸が明るくなった。

喜久が客間に行って、吉乃が見舞いに来たことを告げると、監物は上機嫌で吉乃も客間に来るように言ったという。

吉乃は呼ばれるままに客間へと行った。

縁側の障子は閉《た》て、傍らに火鉢を置き監物は碁盤に向かっている。痩せてすっかり白髪になり、どこか鶴を思わせる老人になっていた。

向かい側には新六が座っている。新六の膝元にはすでに茶が出されていた。

吉乃が挨拶すると、新六は気恥ずかしそうな様子で挨拶を返した。その様子を見て、監物が笑った。

「新六殿はあいかわらず正直者じゃな」

言われて、新六がなおのこと極《きま》り悪げにするのを見かねて、吉乃が言葉を添えた。

「父上はおからかいが過ぎまする。さように仰せられましては新六殿がお困りではありませんか」

「なに、もしかすると、義理の父と子になっていたかもしれんのだ。これぐらいはかまうまい」

監物がなおも笑って言うと、さすがに新六は困惑した顔になった。

「杉坂様、そのことは仰せになられますな」

「おお、そうか。吉乃の知らぬことであったな」

監物が手で自分の口をふさぐのを見て、吉乃は訝しく思った。

「何でございましょうか。さように仰せられましては気にかかりますが」

「そうか、口をすべらしたわしが悪かったな」

監物は腕組みをして、少し考えたが、まあ、過ぎたことだ、話しておいてもよかろう、と言った。

「杉坂様、それは――」

新六は顔をしかめたが、監物はかまわずに話した。

「実はな、新六殿が江戸詰になる前、そなたと娶《めあわ》せようという話が親戚の間で出ていたのだ」

「わたくしと新六殿の縁談があったのでございますか」

吉乃は驚いて息を呑んだ。

「そうだ。ところが、新六殿は御前試合で伊勢勘十郎殿の肩を砕いた。父親の伊勢殿は小笠原出雲様の片腕とも言われたひとだ。表では事を荒立てなかったが、息子に怪我を負わせた新六殿を憎んで江戸に追いやったのだ。それで、そなたと娶せようという親戚の間の話も沙汰やみになったというわけだ」

「そのお話を新六殿はご存じだったのでございますか」

吉乃は新六の顔を見た。新六は頭をかきながら、

「親戚からそれとなく意向を聞かれてはおりました」

と答えた。監物は、もう過ぎ去った昔話だと言いながら笑い捨てた。

吉乃が勘十郎に狼藉《ろうぜき》を仕掛けられたおり、新六がこれからも吉乃を守ると口にして、さらに、

——このことは生涯かけて変わりませんぞ

と言ったのは、吉乃を妻に迎えるつもりだったからなのだ。

だが、あのおり吉乃がひどく勘十郎におびえているのを見た新六は、御前試合で勘十郎を手ひどい目にあわせた。

そのために縁談が消えてしまったのだ。

(わたくしがおびえなければ、新六殿は勘十郎殿に怪我を負わせなかったはずだ)

そうなれば、ふたりは夫婦となっていたのかもしれない。些細《ささい》なことがふたりの行く

道を変えてしまったのだ。

吉乃は何とも言い様のない思いを覚えた。新六はそんな吉乃に笑顔を向けて、

「縁と申すものは、不思議なものでござる。わたしは菅殿にお会いしてまことに吉乃様にふさわしい方だと得心がいき申した。それがしと縁がなかったのは当然だと思い知り申した」

と言った。吉乃は何と答えていいかわからぬままにうなずいた。だが、新六の声音に悲しみの色があるのを感じ取っていた。

その悲しみが吉乃の胸に沁《し》みていった。

帰宅した吉乃は源太郎から兵庫の死を聞かされた。

「それで、これからどうなるのでございましょうか」

不安に思って吉乃が訊くと、源太郎はゆっくりと頭を振った。

「わからぬ。このまま犬甘派は雲散霧消してしまうのかもしれぬが。上原殿はそうはさせぬつもりのようだ。そのおりには印南殿を使いたいと思っておられる」

「新六殿を――」

吉乃は眉をひそめた。

新六は自らが望まない運命に翻弄されていくように思える。それも、素戔嗚神社で吉

乃を助けたという、些細なことがきっかけになっている気がする。

新六に吉乃への思いがあったからだとすれば、申し訳ないことだ。吉乃は胸がふさがれる気がした。

暗い思いのまま、この年は暮れようとしていた。

# 六

享和四年（一八〇四）一月――

新六のもとに小笠原出雲から呼び出しがあった。

何事かわからないまま、新六は城下の堀端近くにある出雲の屋敷に出向いた。犬甘《いぬかい》兵庫が幽閉先で亡くなったことは新六の耳にも入っていた。

政敵が死んだ直後に、かつて自分の派閥にいた新六に呼び出しをかけた出雲の思惑は何なのだろう、と新六は小笠原屋敷へ向かいながら考えた。

だが、どう考えても出雲の意図を測りかねた。訪《おとな》いを告げると、すぐに家士《かし》が出てきて、新六を奥へ案内した。

客間に入ってみると驚いたことに伊勢勘十郎が羽織袴《はおりはかま》姿で座っていた。御前試合で立ち合って以来、顔を合わせたことはなかった。

勘十郎は皮肉な笑みを浮かべて、

「試合で打ち負かされたのが昨日のことのように思えるが、何年も顔を合わせておらんのだな」

と挨拶もせずに言った。新六は座って、

――恐れ入ります
とだけ言って、背を伸ばして口を閉ざした。勘十郎もそれ以上は何も言わないまま出雲が出てくるのを待った。

女中が茶を持ってきて、待つほどに出雲が着流し姿で現れた。兵庫と同年配だが、痩せて面長の顔は品がよく、いかにも御一門という風貌だ。学問と武芸に優れ、参禅して心胆を練っているという噂《うわさ》だった。

「待たせたようだな」

出雲は座るなり、勘十郎に顔を向けて言った。

そのときになって、新六は勘十郎が家督を継いだ後は、父親に代わり、出雲に重く用いられているという話を思い出した。

だとすると、きょう、呼び出されたのは勘十郎の思惑も絡んでいるのかもしれない、とわずかに緊張した。

勘十郎はにこやかに笑みを浮かべ、

「お待ちする間、印南《いんなみ》と久闊《きゅうかつ》を叙しておりましたゆえ、退屈することはありませなんだ」

と言った。出雲は大仰にうなずいて見せた。

「おお、そうか。伊勢と印南が御前試合にて立ち合ったのはわしも覚えておるが、もともと知り合うていたのか」

勘十郎は笑って話を継いだ。

「いや、それがしが、さる女人との逢瀬《おうせ》を楽しんでいるところを、印南殿に見られましてな。とんだ尻尾を握られてしまいました」

「なるほど、それで御前試合では散々にやられたというわけか。悪いことはできぬものだな」

出雲が薄く笑って応じると、新六は膝を乗り出した。

「それは、話が違っております。伊勢様はあのおり、酒に酔われて見ず知らずの女人に声をかけられただけのことでござる。それがしは彼の女人の存じ寄りでござったゆえ、お止めいたした。決して逢瀬などではなかったことはご承知のはずでござる」

新六がきっぱりと言うと勘十郎はつめたい目を向けた。

「それでは、わしが酒に酔って無体《むたい》を働いたかのようではないか。もっとも、あの女人もいまは嫁いでおる身ゆえ、わしとのことなど忘れておろう。それでよいのであろうがな」

勘十郎のあまりに厚顔な言い方に、新六は目を鋭くした。

「伊勢様、戯言《ざれごと》はそれぐらいにいたしてもらいとう存ずる。さもなくば、それがしも捨ててはおけませぬゆえ」

凄《すご》みのある言葉に勘十郎はやや怯《ひる》んだ表情になって顔をそむけた。それでも、舌打ちして、

——冗談のわからぬ奴だ
とつぶやいた。出雲が笑い出して、

「まあ、その話はどうでもよい。それより、印南にきょう来てもらったのは、そなたの出処進退のことだ」

とさりげなく言った。出雲の派閥から抜けたことを咎められるのだ、と思って新六は身構えた。

「そなた、わしが幽閉されている間に犬甘派の会合に出るようになったそうだな」

「恐れ入ります。申し訳ございませぬ」

新六は手をつかえて頭を下げた。出雲はつめたい目を据えて、

「ふむ、そなたの父はわしを信奉してくれたが、そなたはそうではなかったというわけだな」

と皮肉な言葉を浴びせた。

新六は冷や汗をかきながら言葉を続けた。

「それがしのごとき平侍がいかようにいたしましても、大勢には何の変わりもないことと存じ、誘われるまま犬甘派の会合に出るようになったしだいでございます」

出雲は新六の弁明に耳を傾けていたが、やがて、くくっと笑った。

「あたりまえのことだ。その方ごとき軽い身分の者がどちらの派におろうとも、たいしたことではない」

「では、お許しくださいますのでございましょうか」

新六はほっとして出雲の顔をうかがい見た。だが、出雲は無表情に新六を見返しながら口を開いた。

「そなたがどちらの派閥にいようともどうでもよいが、しかし、ひととしての信義は問われるぞ」

出雲の言葉の意味がわからず、新六は呆然とした。

派閥を移ることは好ましくはないだろうが、出雲派は一時、壊滅したかに見え、いままた犬甘派も消え去ろうとしている。ことさらに咎《とが》めるほどのことではないのでは、と新六には思えた。

出雲は懐から一通の書状を取り出して新六の前に置いた。

「そなたの父印南弥助は役に立つ者であったゆえ、わしもそれなりに面倒を見た。これはそなたの母が病に倒れ、薬代にも事欠くと聞いたゆえ、差し遣わした金子《きんす》三十両の証文だ。わしはやるつもりであったゆえ、忘れておったが、弥助は律儀に証文を書いてわしに届けたのだ」

新六は恐る恐る書状を開いて見た。間違いなく父親の筆跡だった。

「父は心ノ臓の病にて急死いたしましたゆえ、存じあげぬことでございました」

苦しげに言う新六に勘十郎は厳しい視線を注いだ。

「ご家老様はそこもとの父に温情をかけられた。しかし、倅《せがれ》のそなたは後足で砂をかけて派閥を出たというわけだ」

何と言われても弁解しようがない苦しさに新六は歯を食いしばり、絞り出すような声で言った。

「必ずやお返し申しますゆえ、いましばらくのご猶予をいただきたく存じます」

出雲はからりと笑った。

「いまさら、わしがさような金を欲しがると思うのか。それよりも、きょう、呼び出したのはそなたにしてもらいたいことがあるゆえだ」

出雲の目が光った。

何を言い出されるのかと思って、新六はかすかに体が震えた。

「小笠原様の派閥に戻れとの仰せでございますか」

「馬鹿な、さようなことは言わぬ。そなたがわしの派閥に戻ったとてたいして役には立たぬ。それよりもいまのまま犬甘派にいて、奴らの動きを逐一、わしに報《しら》せるのだ。兵庫が死んだいま、残された者たちがどう出るかを知っておかねばならぬからな」

出雲はさりげない口調で言った。

「間者《かんじゃ》になれと言われますのか」

新六は目を伏せてうめいた。

「そなたはすでにわしを裏切ったのだぞ。もう一度、裏切るぐらいなんでもあるまい」

出雲は目を細めて蛇のように新六を見つめた。新六は頭を横に振った。

「武士としてさように卑しきことはできかねまする」

きっぱりとした返事に出雲と勘十郎は顔を見合わせた。

出雲は目で勘十郎をうながした。勘十郎は膝を正して新六へ顔を向けた。

「もし、お主がご家老の下知《げち》に従うならば、お主に取って大切なひとのためにもなるのだぞ」

大切なひとのためになる、という勘十郎の言葉に新六は息を呑《の》んだ。

勘十郎はにやりとして話し続けた。

「お主が犬甘派に入るきっかけとなったのは、親戚である杉坂家の娘が犬甘派の菅源太郎に嫁いだ際、婚礼の席に出たのが縁であったことはわかっておる。杉坂家は印南家にとって、もともとは主筋《しゅうすじ》であったそうな。お主は杉坂の娘を守りたいという思いから犬甘派に入ったのではないのか」

勘十郎は言葉を切って、新六を見据えた。新六は表情を動かさず、低い声で答えた。

「なぜ、さように思われまするか」

勘十郎はふふっと笑った。

「わしが素戔鳴《すさのお》神社の林の中でいささか不埒《ふらち》な振舞いをした娘はその後、菅家に嫁いだと聞いたぞ。御前試合のおり、わしとの立ち合いでお主は凄《すさ》まじい気迫で打ちかかってきた。あの娘のためであったのであろう」

「さようなことは思いもよりませぬ。ありもせぬことを、ことさらに言われましては迷惑千万でござる」

新六は斬って捨てるように言った。すると、出雲が手をあげて、なだめるように言い添えた。

「そなたがわしの命に従えば菅源太郎を犬甘派であったこととは関わりなく取り立ててふさわしい役職につけるぞ。すべてはそなたに、ひとを思う心があるかどうかじゃ」

新六は大きくため息をついて目を閉じた。脳裏には吉乃の顔が浮かんでいた。

吉乃は嫁して三年で男子《おのこ》を生《な》した。幼名を千代太《ちよた》と名づけられた子はすくすくと育ち、菅家は喜びに包まれた。

新六もまた祝いの品を持ってくるとともに、菅家を訪れる都度、千代太をあやして嬉《うれ》しげにしていた。

その後も旧犬甘派の会合は時折り開かれたが、出雲の執政ぶりに対する不満を言い合うだけに過ぎず間遠になっていった。そのため、会合と言いながら新六ひとりだけが訪れ、源太郎や吉乃と話して千代太をあやしただけで帰っていく日もあった。

そんなおりの新六はひどく幸せそうで、一時、表情に翳《かげ》りを帯びるようになっていたのが嘘《うそ》のようだった。ひとしきり千代太をあやしてから帰ろうとする新六に、吉乃が思わず、

「新六殿もそろそろ奥方をお迎えになられなければ」

と声をかけると、一瞬、新六は複雑な表情になった。そして、しばらく考えたうえで、

「このまま何事もなければさようにいたそうかと存じます」

と答えた。新六の言葉にはどこか思い詰めたような響きがあり、吉乃は気になった。

このため、新六が帰った後、源太郎に訊《き》いてみた。

「新六殿は何やら心に期することがおありのようですが、何事でしょうか」

源太郎は首をかしげて考えていたが、やがて声をひそめて言った。

「わからぬが、上原殿が近頃、また印南殿を疑《うたご》うておられるようだ」

「それはまたなぜでございますか」

「印南殿が時折り、出雲派である伊勢勘十郎殿の屋敷を訪ねておるのを見た者がいるというのだ」

伊勢勘十郎の名を聞いて、吉乃は血の気が引く思いがした。娘のころ素戔嗚神社の林の中で乱暴を仕掛けてきた男だ。

あのおり、勘十郎が顔に口をつけてきたことはいまも身の毛がよだつ思いがしている。まだ、何も知らない娘であった自分は、もはや嫁することなど思いもよらないと望みを失った。

その気持が立ち直ったのは新六が御前試合で勘十郎を散々に打ち据え、怪我《けが》まで負わせたと聞いてからだった。

大江山《おおえやま》の酒呑童子《しゅてんどうじ》のような恐ろしい鬼を新六が源頼光《みなもとのらいこう》のように退治してくれたと思った。もう恐れることはない、と嫌な思いを忘れることができたのだ。その鬼のもとになぜ新六が行っているのだろうか。

「新六殿は、なぜ伊勢様のところへなど参られているのでしょうか」

「わからぬが、印南殿はもともと出雲様の派閥であった。出雲様の懐刀と言われる伊勢殿とは昔からのつながりがあるのかもしれぬ」

源太郎が腕を組んで言うと、吉乃は頭を振った。

「さようなはずはございません」

きっぱりとした吉乃の言い方に源太郎は目を瞠《みは》った。

「なぜ、そう言い切れるのだ」

「なぜと申されましても」

吉乃は昔、勘十郎から乱暴を受けたことを話すわけにもいかず、口ごもった。その様子を見た源太郎は何か得心がいったように口を開いた。

「いずれにしても、印南殿がわたしたちに悪《あ》しきことをされるはずはない。そのことだけを信じておればよいのではないか」

「さようでございますとも」

吉乃はほっとしたようにうなずいた。同時に、なぜこれほどまでに新六を信じることができるのだろう、と不思議に思った。

新六と自分の間にはいったい何があるというのだろうか。

## 七

千代太が数えで六歳になった文化八年（一八一一）、小笠原忠固は、幕府より朝鮮通信使の応接の上使を命じられた。

朝鮮からの通信使の派遣は江戸時代、十二回にわたって行われたが、財政悪化を理由に打ち切られることになった。この時も幕府は通信使を江戸で迎えず、対馬《つしま》で応接することになっていた。

朝鮮の使節への応接を幕府から任じられたことは忠固を喜ばせた。副使の播州龍野《たつの》藩脇坂安董《わきさかやすただ》とともに対馬に赴き、朝鮮使節に対して丁寧な応接を行った。

無事、お役目を終えた忠固は得意満面で国元へ戻ると、出雲にあることを命じた。

忠固はこの任務を無事に果たしたことで、自信を深め、幕府の老中職になろうと決意したのだ。

出雲は当初、財政難を理由に忠固の野望を押しとどめようとした。だが、忠固の決意がゆるがず、またほかの家老たちも賛同した。

やむなく出府した出雲は忠固のため八方手をつくして猟官を行った。幕府の老中への付け届けは膨大なものになったが、成果はなかなかあがらなかった。朝鮮通信使接待の功績により、侍従へと昇進しただけだった。

忠固は思い通りにならないことに苛立った。それならば江戸城で譜代大名が詰める帝《てい》鑑間詰《かんのまづめ》から老中職を務めた大名などが詰める格上の溜間詰《たまりのま》になろうと思い立って、運動を続けさせた。

このため金銀が浪費されて財政が逼迫《ひっぱく》し、二年後の文化十年には家臣の俸禄《ほうろく》を半分とする〈半知《はんち》借り上げ〉を行う事態にまでなった。
この有様に旧犬甘派から批判の声が高まった。特に上原与市は旧犬甘派のひとびとを訪ね歩いて、
「いまこそ犬甘様のご政道に戻すべきである」
と主張した。
与市の意見に耳を傾けるものはしだいに増えていき、重臣たちの中でも、
二木勘右衛門《ふたつぎかんえもん》
小笠原蔵人《くらんど》
伊藤六郎兵衛《いとうろくろべえ》
小宮四郎左衛門《こみやしろうざえもん》
ら四人が出雲と対立するようになっていった。
この年、十月になって、源太郎の屋敷に上原与市と直方円斎、早水順太、そして新六が集まった。
与市が家老たちの中にも出雲への不満が溜まっているのだと話した。すると、方円斎が何気ない様子で訊いた。
「先月の落書《らくしょ》、よもや上原殿ではありますまいな」

「はて、何のことでござろうか」

与市は素知らぬ振りをして答えた。

「とぼけられては困る。常盤《ときわ》殿の屋敷の塀に書かれた悪口雑言のことでござるよ」

方円斎の目が鋭く光った。

長崎奉行の一行が九月に小倉藩領内を通った際、常盤藤右衛門《とうえもん》の屋敷の塀に忠固を非難する落書きがされた。

こりゃ殿よ をのが昇進にまなこくらみ
国の困窮白川夜舟 大勢の人の恨みが数積で
とのあたまに いんま食らいつく

というものだった。

忠固が幕閣に入ろうとする野望に目が眩《くら》み、国政を顧みないことからひとの恨みがつのっている、いまに怨《うら》みが殿の頭に食らいつくぞ、という凄《すさ》まじい内容だった。

常盤家ではあわてて落書きを消したが、内容は写して藩庁に届け出た。しかし、その前に落書きの内容は城下に知れ渡った。

長崎奉行の通過に合わせて小倉藩内での不穏な動きを知らしめようと企《たくら》んでの落書き

であることは明らかだった。

与市は平然と応じる。

「まさか、それがしはあのような真似《まね》はいたしませぬ。しかし、落書いたした者の気持がわからぬわけではありませんぞ」

方円斎は苦い顔になった。

「出雲殿を難じるのはよい。されど殿を誇《そし》るは不忠だ」

源太郎も言い添えた。

「それがしもさように思います。臣下の道をはずれてはなりますまい」

順太も大きくうなずいて、同意するふうを見せた。与市は苦笑して、

「皆様、なかなかの堅物ぞろいでござるな。ならば、印南殿はいかが思っておられるのであろうか」

と新六に顔を向けた。新六は表情を消して答えた。

「それがしは、あの落書は町人のなしたることと存じます。されば民の声として聞き置くべきものかと存ずる」

与市は首をかしげて、新六の話を聞いていたが、やおら膝を叩いた。

「なるほど、ならば、犬甘派の仕業であると伊勢殿に報告したりはせぬということでござるな」

与市の辛辣な言葉にも新六は眉ひとつ動かさなかった。

「はて、いかなることかわかりかねますな」

「ほう、印南殿が出雲派に通じているのではないか、と噂する者がおりますが。ご存じないか」

「知りませぬな」

新六はひややかに言い捨てた。与市が突如、新六を糾問し始めたことで一座は静まり返ったが、やがて、方円斎が、

「埒もない話だ。さように疑《うたご》うておるのなら、印南殿を斬ればよかろう。さすれば決着がつく」

と吐き捨てるように言った。

すると、与市はゆるゆると頭を振った。

「それでは世間は犬甘派の仲違いとしか見ますまい。それよりもよき方法がござる」

与市が話していくにつれ、皆の顔に緊張が走った。

長崎奉行は、五年前の文化五年にロシア船の接近に備えて急報の手段として烽火台《のろし》の準備を福岡藩と佐賀藩に命じた。

福岡藩では、ロシア船の接近を告げる烽火が佐賀藩で上がれば、御笠《みかさ》郡の天山《あまやま》からさらに四王寺山《しおうじやま》、龍王岳《りゅうおうだけ》、六が岳《むつたけ》、石峰山《いしみねやま》などで烽火をつなぐための烽火台を設けた。

この烽火は小倉藩の霧ヶ岳《きりがたけ》に伝えられ、さらに小倉城下の南東の足立山《あだちやま》に設けられた烽火台へとつなぎ、各所に烽火番所を配置して中津《なかつ》領へとつないだ。

与市はこのうち霧ヶ岳の烽火台に火を放ち、城下に騒擾《そうじょう》を起こそうという考えを述べたのだ。

「何のためにさようなことをいたすのだ」

方円斎が顔をしかめて問うた。

「小倉城下に不穏の騒ぎがあるとなれば、長崎奉行を通じて幕府の耳に届きましょう。さすれば出雲の失政も明らかになります。殿は出雲を退け、われらと考えを同じくする家老を用いるしかなくなりましょう」

与市は熱心に言い募った。源太郎は穏やかな声音で反論した。

「しかし、烽火はあくまでロシア船が来たことを告げるためのものでござる。それをわが藩の都合にて上げるのは、いたずらに世を騒がせることになりはしませぬか」

与市は冷徹な目を源太郎に向けた。

「いまは藩の存亡に関わる非常のときと存ずる。そのおりには非常の策も止《や》むを得ぬのではありますまいか」

「さようでござろうか」

源太郎は納得がいかぬ様子で腕を組んだ。与市は諭すように話を続けた。

「皆様はかつてわが藩の財政が犬甘様の政事により、一度は立て直されたことをお忘れになられたか。犬甘様は穏便なる策を用いて成し遂げられたわけではござらなんだ。ときに、強引にことを進められたがゆえに成し遂げられたのでござる」

諄々《じゆんじゆん》と説かれて源太郎もしだいに耳を傾けた。与市はなおも説いた。

「なるほど、無用の烽火を上げるのは世人をいたずらに惑わせるものかもしれません。しかし、それがしはこれを軽挙妄動であるとは考えませんぞ。世に告げる警鐘だと存じます。誰かが警鐘を打ち鳴らさねば、世のひとは自らに降りかかる災厄にすら気づかぬのです。小笠原出雲の悪政によって苦しむのは藩士だけではない。領民すべてでござる。ならば、領民たちに烽火により、悪政を退治せねばならぬことを知らしめるのです」

与市の弁舌に聞きほれていた順太が膝を叩いた。

「いかにもさようでござる。これはやらねばなりませんぞ」

順太が身を乗り出すと、なおも考えていた源太郎がようやく口を開いた。

「わかり申した。わたしも手を貸しましょう」

すると、新六が身じろぎした。

「菅様がさようなことをなさるには及びませぬ」

新六にしては唐突な言い方だった。

「何を言われますか。わたしは、上原殿の意見をもっともだと思ったからやろうというのです」

源太郎が止め立てては心外だという顔をすると、新六は微笑を浮かべた。

「いや、上原殿がただいまの話を持ち出されたのは、わたしを試すつもりがあってのことでございましょう。わたしが犬甘派として動くかどうかを知りたいのではありませぬか」

新六は与市の顔を見つめた。

与市は、厳しい表情になって言い放った。

「まさにその通りでござる。印南殿が間者であるのかどうかを知りたいと思っておるのです」

新六はうなずいて、しばらく考えていたがやがてぽつりと言った。

「それがし、仕《つかまつ》ろう」

かすかに悲しみに似た表情を新六は浮かべていた。


文化十一年一月十四日夜――

霧ヶ岳の烽火台から白煙が上がった。さらに真っ赤な炎が大きな月が出ている夜空を焦がした。

最初は烽火と見えたが、火炎が広がっているのが城下からはっきりと見えた。武家屋敷や町家からもひとが出て霧ヶ岳の方角を眺めて騒ぎが広がっていった。

藩士の日記によれば、

――市中、郡中とも大騒動

という事態になった。翌、十五日には長崎のオランダ商館長が江戸参府のため小倉城下を通過することになっていた。

オランダ商館長一行に騒擾を報せようと狙っての放火に違いなかった。やがて小倉藩を揺るがす〈文化の変〉の始まりをつげる、

――狼煙《のろし》

でもあった。

炎があがる最中《さなか》、黒頭巾をかぶったひとりの武士が霧ヶ岳の山中を走っていた。武士は岩場を駆け上がり、林を抜け、谷にさしかかると大きく跳躍して宙を飛んだ。

その姿はまさに月夜に飛翔する蝙蝠《こうもり》の如《ごと》くだった。

## 八

小倉藩の大庄屋である中村平左衛門《なかむらへいざえもん》の日記には、

——正月十四日夜五ツ半時分吉見《よしみ》陣之烽火炎上り、御家中は言《いう》に不及《およばず》　当郡中長崎御手当之役々人馬等不残《のこらず》　篠崎御屋敷馬場へ罷出《まかりで》る　言語《ごんご》同断之《どうだんの》騒動《そうどう》いたし候由

とある。霧ヶ岳から烽火が上がった際、城下だけでなく郡部でもひとびとが驚き、騒いだのだ。それだけに、烽火が何者かの企みによるものだ、とわかると、城下はただならぬ不穏な気配に包まれた。

菅源太郎は翌日から、旧犬甘派の会合にしきりに出かけ、夜遅く帰ってくることが多くなった。烽火の一件について、源太郎は何も言わなかったが、下城して屋敷に戻り、着替えているおりに、手を添えていた吉乃にため息まじりに、

「印南殿はまことに見事な方だ」

ともらした。偽の烽火をあげながら、正体を知られずに闇の中に姿を消すことができたのは新六に武芸で鍛えた敏捷《びんしょう》さがあったゆえだろう。日頃、目立たず、言挙《ことあ》げもしない新六の凄さが見えた気がしていた。

「新六殿がいかがされましたか」

吉乃に訊かれて、源太郎ははっとした。

旧犬甘派の策謀について妻にもらすなど、あってはならないことだ。しかし、しばらく考えた源太郎は、書斎に茶を持ってきてくれ、と吉乃に言った。怪訝《けげん》な顔をした吉乃

が茶を煎れて書斎へ持っていくと、着流し姿の源太郎は腕を組んで考え事をしていた。茶を置いた吉乃に座るように言った。

「これはひとに知られては大変なことになるゆえ、心するように」

前置きした源太郎は、霧ヶ岳から偽の烽火をあげたのは、新六だと打ち明けた。

「これは上原与市殿が言い出したことだ。城下を混乱させ、重職方の責めを問い、小笠原出雲様を追い落とそうという策だ」

吉乃は眉をひそめた。

「さような荒い所業は新六殿に似つかわしくないように思いまするが」

「そうだ。わたしも印南殿が自らやると言い出されたので驚いた。しかし、後で考えてみると――」

源太郎は当惑した様子で言葉を切った。

新六は源太郎が烽火を上げると言い出したとき、自ら名乗り出た。源太郎に危ない真似をさせないためではなかったか、とも思える。もし、そうだとすれば源太郎が吉乃の夫だからだろう。

そのことを吉乃に話しておきたかったが、いざ口にしようとするとためらいが生まれた。吉乃との間には嫡男《ちゃくなん》の千代太を生しており、夫婦仲は円満だった。

それだけに新六の想《おも》いにふれることは心無いことではないか。それとともに源太郎は自分の胸のうちにわずかながら新六という男を軽んじる気持があることを感じていた。

新六がかつて御前試合で七人抜きをやった夢想願流の遣い手であることは多くの者が知っている。

さらに此度《このたび》の霧ヶ岳の烽火を難なくしてのけたことから見ても端倪《たんげい》すべからざる腕前の持ち主であることはわかっている。しかし、それでもなお新六にはどこか軽く見られてしまうところがあるのだ。新六の家がもともと軽格だったということもあるが、おとなしく謙虚な性格のゆえに侮られやすいという面がある。

新六には、何を言っても怒らないだろうとまわりの者に思わせるところがあった。

事実、城中などで新六が怒りを露《あら》わにして、ひとと口論するようなところを見た者はいなかった。

だが、おとなしいだけならば、ほかにも同じような心映えの藩士はいた。新六だけが侮られるのは、凡庸にしか見えない男が剣の遣い手であるということが、ひとを苛立《いらだ》たせるのかもしれない。

武芸の技量がありながら、そのことをひけらかさず、へりくだる新六を目の前にしていると、不思議に圧迫されるものを感じ、それを撥《は》ねのけようと、却《かえ》って軽んじるのではないか。

源太郎はそこまで考えてから、新六が身にまとっている不運のようなものを思った。

旧犬甘派の企みが功を奏して上原与市が通じる重臣たちが藩の実権を握ったとしても、新六がなしたことが手柄として公の場で認められることはない。これからも陰の仕事が新六に押し付けられるに違いない。

ひょっとすると、犬甘兵庫は新六が陰の役回りを務めるにふさわしい男だと考えて自らの派閥に強引に入れたとも考えられる。もし、そうだとすると兵庫が新六に与えようとしていた使命は、

——刺客《しかく》

だったのかもしれない。

源太郎は兵庫が失脚した際に、「せっかく手駒を手に入れたと思ったが、遅かったか」とつぶやいた、と噂されたことを思い出した。

兵庫は政敵をいかなる手段を使っても抹殺しようとする男だった。新六に目をつけたのは兵庫ならではの慧眼《けいがん》だった。

新六はこれからも日の当たらない道を歩くことになるのではないか。

そう思うと源太郎には新六が哀れに思えた。そのような運命に陥ったのが、吉乃のためだとすれば、言うことも憚《はばか》られるのではないか。

訝《いぶか》しげに見つめる吉乃から目をそらした源太郎は声を低くした。

「いや、まことに印南殿は御家を思う忠義の士だな。その覚悟のほどに感じ入ったとい

うことだ」

吉乃は口ごもった源太郎の顔にいままでにない翳りがあるのを見てとり、不安なものを感じた。

寒気が厳しく、粉雪が舞う日だった。

このころ、参勤交代で江戸に在府していた藩主小笠原忠固は、江戸屋敷黒書院で家老の小笠原出雲から霧ヶ岳に偽の烽火が上げられた一件の報告を受けて、

「不忠の者たちが不穏の振舞いによって、余が溜間詰になろうとする宿願を妨げる魂胆じゃな」

ともらした。江戸城で溜間詰となる大名の格式は高く、老中は溜間詰から出る。帝鑑間詰から老中になった大名はいない。

忠固が帝鑑間詰から溜間詰への昇格を老中たちに働きかけてきたのは、溜間詰となったうえで老中となり幕政を動かしたいという野望があってのことだった。

それだけに忠固の溜間詰昇格にかける思いは深く、それをわかろうとしない家臣たちへの怒りは大きかった。

「まことに不埒な者たちじゃ、きつく咎めねばならぬ。いかがいたす所存じゃ」

忠固はこの年、四十五歳。面長で鼻と耳が大きく顎が丸い。忠固に問われて出雲は膝

を乗り出した。

「畏れながら、かかる無法の行いをなしたる者はかつての犬甘派に相違ございません。しかも、ただいま国元では犬甘派の上原与市が、重臣の小宮四郎左衛門始め、伊藤六郎兵衛、小笠原蔵人、二木勘右衛門らを唆しておるのでございます」

「さようなことはわかっておる。さればいかなる手を打つかと訊いておるのだ」

忠固はこめかみに青筋を立てて苛立った表情になった。出雲は落ち着きはらって言葉を継いだ。

「されば、お側用人《そばようにん》の渋田見《しぶたみ》主膳《しゅぜん》を家老に昇進させてはいかがでしょうか」

出雲は国元の重臣であり、かねてから親しい主膳の名をあげた。

「渋田見か――」

忠固はやや首をかしげた。主膳は出雲と同年でかねてから肝胆相照らす仲であることは知っている。学問もでき、有能だが、それだけにひとを見下す癖《へき》があった。

「渋田見を家老といたそうとすれば、小宮らは何と申すかな」

忠固はうかがうように出雲の顔を見た。

「おそらく不満を言い立てましょうが、それを押し切ってこそ、殿の溜間ご昇格がなせるのではございますまいか。国元で騒ぎが続くようでは、ご老中方がいかに思われるかと案じられまする」

出雲はきっぱりと言い切った。しばらく考えていた忠固は深くうなずいた。

「よかろう。渋田見を家老といたすことを国元へさように申し伝えよ」

かしこまりました、と出雲は頭を下げた。

渋田見主膳が家老となると伝われば、国元が騒然となることは出雲にはよくわかっていた。

だが、それでも荒療治を行わねばならない。そのことを伊勢勘十郎に伝えておこう、と胸のうちで考えていた。


二月になって重臣の小笠原蔵人が家老に昇格した。

すでに渋田見主膳を家老にする忠固の意向は国元へ伝えられており、言うなればこれに異を唱えようとする重臣への懐柔策であることは明らかだった。

上原与市たち旧犬甘派の主だった面々は、たびたび源太郎の屋敷に集まっていかにすべきかを話し合った。与市が頬を紅潮させて、

「これは、もはや殿に直《じか》に申し上げるしかない。溜間詰に入られることを諦められ、君《くん》側《そく》の奸《かん》である小笠原出雲を退けていただくのだ」

と述べると源太郎始め、集まった男たちは深くうなずいた。

その中で新六だけが畳に目を落としたまま、与市の話を聞いても無表情だった。与市

は目敏《めざと》く、新六の様子に気づいた。

「はて、印南殿はそれがしとは考えが違うようでござるな。存念のほどをうかがいたい」

与市に突如、名指しされて新六は戸惑った。

「いや、それがしには、何ほどの考えもござらん」

「さようとは思えませんぞ。霧ヶ岳で偽りの烽火を上げた義士である印南殿なれば、さぞや卓見がござろう。うかがいたい」

与市はわざとのように霧ヶ岳の一件を持ち出した。源太郎は眉をひそめて、与市から顔をそむけた。

集まっている者たちは霧ヶ岳で烽火をあげたのが新六の仕業であることは知っている。しかし、あえて口にせず、新六が咎めを受けることのないよう慮《おもんぱか》っているのだ。

与市は烽火を上げたのは新六だと言うことで、いまさら寝返りができないように追い詰めるつもりなのだろう。

新六はため息をついてから口を開いた。

「それがしは、ただ、何事もいま少し穏やかに進まぬものかと思っております」

「穏やかにですと?」

与市はひややかに問い返した。

「同じ家中で相争っても、いたしかたございますまい。要は殿に考えをあらためていただきたいだけでございますから」

「そのためにこそ動こうとしておるのだ。他に方法があるのならば承ろうか」

さて、それがしなどには、と新六は口を濁したが、

「諫死《かんし》を仕ればいかがでございましょうか」

とさりげなく言った。

――諫死
という言葉が一座の者たちを緊張させた。早水順太が眉をひそめてつぶやくように言った。

「なるほど、それしかないということか」

主君に諫言《かんげん》するからには、一死を以《もっ》て行うのが武士の道だとは、誰もがわかっていた。しかし、いざ、腹を切るとなると、皆の胸にためらいが生じる。何よりも諫死を行うのは、それなりの地位にある者でなければならない。

この一座の中では与市か源太郎だろう。与市は目を光らせて、新六を睨み据えた。

「印南殿はそれがしに諫死せよと言われるのか」

与市の鋭い声に、新六は驚いたように目を瞠った。源太郎と方円斎や順太も新六がどう答えるのかじっと見つめている。

「いえ、決してさようなことはござらぬ。ただ、殿についていけぬと仰せの重職方からさような思案も出るのではないか、と思ったしだいでござる」

「ほう、では、印南殿も腹を切る覚悟はないのでござるな」

与市が問い詰めるように言った。新六は黙って答えない。

「なぜ、何も申されぬのだ」

与市が声を高くすると、傍らの方円斎がくすりと笑った。与市が目を向けると方円斎は手を挙げて制した。

「武士が生死《しょうじ》のことを口にするからには、おのれがなせぬことを、ひとにせよとは申さぬのでござる。印南殿が諌死と言われたからには、自ら腹を切る覚悟があるのはわかりきったことでござろう」

方円斎にたしなめられて与市は黙した。順太が腕組みをして、

「いかにもさようではありましょうが、印南殿は平素の様子に似合わぬ、まことに厳しき覚悟を定めておられると感服仕った」

他の者たちも方円斎に新六の覚悟を教えられて、感銘を受けた様子だった。だが、平然と死を覚悟している新六に薄気味悪さも感じていた。

新六は方円斎にかすかに感謝する目を向けると、またいつものようにうつむき加減で口を閉ざした。

膝に手を置いて静かに座した新六の姿から清冽《せいれつ》な気迫が漂っていた。

## 九

上原与市が家老の伊藤六郎兵衛に伴われて三月に江戸に向かうことになった。

かねてから与市が献策している国元の家老たちは、渋田見主膳の家老就任に反対し、さらに忠固の溜間昇格の運動を取りやめるという考えを固めた。

家老たちの意見をまとめた六郎兵衛は忠固に拝謁して、諫言するため江戸に行くことにしたのだ。旅立ちに際して与市は源太郎の屋敷で旧犬甘派の面々に、

「なんとしても殿にお考えを変えていただく所存だ」

と告げた。さらに、新六を見据えた。

「殿をお諫《いさ》めいたして、お聞き届けなくば切腹いたす。それがしの覚悟のほどを見ていただこうか」

与市の言葉に新六はかすかにうなずくことで応えた。すると、方円斎が静かに言った。

「江戸に参られてから、何が起こるかまだわかりませんぞ。何をどうすると決めておくより、流れに添って身を処されるがよい。すなわち、水は方円の器に従うでござる」

与市は黙って聞き終えて丁重に頭を下げた。

「お教え、かたじけなく存じます。なるほど、それがしは融通を欠くところがござる。流れる水の如くを心がけるといたしましょう」

一座の緊張が与市のひと言でほぐれると、新六は会釈して障子を開け、縁側へ出た。庭を眺めてひと息入れたかった。

縁側を進むと奥庭に面したあたりへ出た。

奥庭には桜が植えられていた。庭へ目を遣《や》ると桜の下で源太郎の嫡男千代太が木刀を手に素振りをしていた。

風に散る桜の花びらを木刀で打とうとしているようだ。千代太はすでに九歳になる。吉乃に似て色白で利発そうな目をしていた。

小柄な体にはやや大振りな木刀で、懸命に素振りをする姿は健気だった。千代太が力を込めて振るほど桜の花びらは風にのって舞い、木刀に当たらない。

新六は縁側から声をかけた。

「千代太殿、稽古にお励みで結構なことでござる」

千代太は驚いて振り向くと新六をまじまじと見つめた。赤子のころからよく屋敷を訪ねてきて、遊んでくれた新六に千代太はなついていた。

「印南様――」

千代太は口にすべきかどうか迷っているようだった。新六は微笑《ほほえ》んでうながした。

「何でござろうか」

「印南様は夢想願流という剣術の達人だと父上からうかがいました」

真剣な目を新六に向けながら千代太は言った。

「さて、達人などではありませんが。いささか修行いたしました」

「わたくしに教えていただけませんでしょうか」

「千代太殿に？」

「はい、わたくしは強くなりたいのです」

千代太は無邪気に目を輝かせた。どうしたものか、と新六は迷った。二刀流剣術で名高い剣豪宮本武蔵《みやもとむさし》の養子であった伊織《いおり》が小笠原家に仕えたことから小倉藩では武蔵を流祖とする二天流が盛んだった。

源太郎も二天流を千代太に手ほどきしているはずだ。他家の子弟に別な流派の剣術を教えるのは憚らねばならない。

残念だが、と新六が言おうとしたとき、庭に吉乃が出てきた。吉乃は新六に頭を下げ、千代太にやさしい顔を向けて、

「まだ、素読を終えていないのではありませんか。剣術の稽古はそれからでもできるはずです」

と言った。千代太は不満げに口をとがらせた。

「ただいま、印南様に夢想願流の稽古をつけてくださるようお願いしていたのです」

「まあ、さような無理を申してはなりませんよ。新六殿が困っておられるではありませんか」

たしなめるように言う吉乃を見ていた新六はあわてて言った。

「いや、迷惑などではござらん。稽古をつけるということではなく、それがしの技を見ていただくだけなれば造作もないことでござる」

言うなり、新六は足袋跣《たびはだし》のまま庭に降りた。吉乃があわてて、

「新六殿、お履物を持ってまいります」

と言うと新六は頭を横に振った。

「いや、この方がよいのです」

ためらう様子もなく千代太に近づいた新六は、傍《かたわ》らの桜を見上げると脇差《わきざし》の柄《つか》に手をかけた。風が吹く。桜の花びらが散った。

その瞬間、新六は脇差を抜いて振った。きら、きらと白刃が光った。

花びらが数枚、すっと脇差で切られた。花びらはそれぞれ二枚に斬られて地面に落ちていく。

千代太が目を丸くして地面の花びらを数えた。

「すごい。四枚の花びらがみんなふたつになっている」

吉乃が近づいて千代太の肩にのった花びらをつまんだ。

「いいえ、五枚ですよ」

吉乃が口にすると同時につまんでいた花びらがふたつに割れた。新六はなんでもないことのように脇差を鞘《さや》に納めた。そして、千代太の前に立って告げた。

「さあ、木刀でそれがしに打ちかかってごらんなさい」

千代太は木刀を手にちらりと吉乃の顔を見た。吉乃がうなずくと、千代太は木刀を握りなおした。やあっ、と甲高い気合いを発して木刀を振り上げ、新六に打ちかかった。

新六はわずかに退いて木刀をかわした。

千代太がなおも打ちかかるのを、新六は右や左にゆらゆらと陽炎《かげろう》のように揺れながら避けていった。

千代太は汗だくになりながらも、力を振り絞って真っ向から打ち据えようとした。しかし、新六が後ろに退くと空《むな》しく地面を叩いた。そのとき、新六がふわりと木刀の上に両足で乗った。千代太はびっくりして木刀を撥《は》ね上げた。

その動きに逆らわず、新六は宙に飛び上がる。さらに空中で一回転して千代太を跳び越えた。

地面に降り立つ直前、新六は足で千代太の背中を軽く押した。前のめりになった千代太は地面にうつ伏せに倒れた。

飛び降りた新六はゆっくりと振り向いた。泥を顔につけながら起き上がった千代太は顔を輝かせた。

「印南様、すごいです。ただいまのは何という技なのですか」

「夢想願流の開祖松林蝙也斎様が工夫された〈足鐔《そくたん》〉という技です。いささか外連《けれん》のようではありますが、相手の意表を衝《つ》くだけに立ち合いで勝ちを制することができるとされています」

「印南様が宙に飛ばれたときは、まるで蝙蝠のように見えました」

無邪気な顔で千代太が言うと、蝙蝠という言葉が胸に響いたのか新六の表情にかすかに翳りが浮かんだ。

吉乃はそれを察して、さりげなく、

「せっかく、稽古をつけてくださった新六殿を蝙蝠のようだなどと申してはなりませんし」

と千代太をたしなめた。新六は苦笑した。

「いや、松林蝙也斎様は、まさに跳ぶ姿が蝙蝠のようであったとされたことから、蝙也斎と号されたのでございます。さればそれがしが蝙蝠に見えたのは流儀をよく伝えているということかもしれません」

「さようでございますか」

吉乃は、うなずきながらも、どこか寂しげな新六を慰めたいと思ったのか、

「夫は御用が忙しく、なかなか千代太に剣術の稽古をつけてやることができずにおります。きょうは新六殿に千代太の父親代わりをしていただきました」

と囁《ささや》くように言った。その言葉を聞いて新六は額に汗を浮かべてうろたえた。

「滅相もないことでござる」

あわてて足袋の裏を手で払って土を落とした新六は縁側に上がると、

「ご無礼仕った」

と頭を下げた。千代太が縁側に駆け寄る。

「印南様、ありがとうございました。また、お教えください」

千代太に言われて、新六は嬉しげにうなずく。吉乃は微笑んで新六と千代太を見つめていた。

風が吹いて桜の花びらが散った。


江戸に向かった与市からは、その後、何の便りもなく過ぎた。国元に戻ってきたのは六月に入って、夏の暑さが増すころだった。

源太郎の屋敷で開かれた旧犬甘派の会合で与市は、無念そうに、

「殿は伊藤殿に拝謁をお許しにならなかった。それゆえ、わたしも殿に諫言いたすお

りがなかった」

と話した。源太郎は首をひねって言った。

「お目通りも許されぬとはいかなることでございましょうか」

「殿はもはや諫言に耳を貸されるつもりがないということであろう」

与市は苦々しげに言った。順太が頭を振りながら口を開いた。

「これでは、藩のすべてが出雲の思い通りに動くことになりますぞ。なんとかしなければ」

方円斎が身じろぎして声を低めた。

「されば、すべての元凶を斬るしかないのではあるまいか」

与市はぎょっとした顔になった。

「出雲に刺客を放つと言われるのですか」

方円斎は与市の問いに答えず、新六に顔を向けた。

「印南殿、いかが思われるか」

新六は腕を組んで考え込んでから、しばらくして口を開いた。

「出雲様は用心深いお方です。刺客が襲う隙を見せるとは思えませんな」

「印南殿が刺客となっても無理と思われるか」

方円斎は目を鋭くして問うた。

「出雲様はこれまで登城や下城の際には家士を五人ほど供にされていたと存じます。しかし、危ういと思えば供揃《ともぞろ》えを十人ほどにはされるのではありますまいか。そうなれば、手は出し難《にく》くなりましょう。もし、狙うとすれば出雲様のお屋敷に討ち入らねばなりませんが、そこまでなれば、もはや合戦の気構えがいるのではありますまいか」

新六が珍しく言葉数を多くして話すと、与市が大きくうなずいた。

「いかにもさようだ。迂闊《うかつ》なことをしては、しくじりのもとになる。せっかく国元のご家老方を味方にした苦労が水の泡になる」

冷静に話す与市に方円斎はつめたい目を向けた。

「そう思われるのも、もっともだが、出雲殿は厳しき手を打たれるお方じゃ、こちらがためらっているうちに思わぬことになるやもしれませんぞ」

与市は眉をひそめた。

「それはいかなることでございましょうか」

方円斎は無表情に言ってのけた。

「かつての犬甘派と三人の国元家老を結びつけた要は上原殿じゃ。わしが出雲の立場であれば、上原殿の罪を問うて腹を切らせ、一挙に家中をまとめますな」

「まさか、そこまで――」

与市は顔をしかめて腕を組んだ。源太郎はその様子を見て、

「それがしは直殿の申されることはもっともと存ずる。伊藤様が出府されても殿に拝謁できなかったのは、出雲になんらかの企みがあるゆえかもしれませんぞ」

と押し殺した声で言った。すると順太が膝を乗り出した。

「まことにさようですぞ。もし、上原殿が咎めを受ければ、われらにとって、言わば本丸を奪われるのも同様でござる。用心あってしかるべきかと存じます」

順太が心配げに言うと方円斎がうなずいた。

「だからこそ、先手を取るべきだと申しておるのだ。出雲の出鼻を挫《くじ》くぐらいの気でおらねば、われらは根こそぎやられてしまうかもしれん」

不気味な方円斎の言葉に与市はさらに考え込んだ。やがて、口を開こうとしたとき、機先を制するかのように新六が頭を下げた。

「さて、それがしはそろそろ帰らせていただきとうござるが、構いませぬか」

与市は眉根を曇らせた。

「まだ、肝心の話をしておらんというのに」

「上原様はかねてから、それがしを信じてはおられぬご様子でござる。されば、出雲様にいかなることをされようとするのか、聞かぬ方がよいと存じました」

新六は生真面目な表情で答えた。

与市は新六を鋭い目で見つめた。

「つまるところ、われらの集まりから抜けて、出雲のもとへ戻りたいと言うのだな」

「滅相もないことです。それがしは上原様が度々、口にされるように、霧ヶ岳に偽の烽火を上げました。たとえ出雲様のもとへ戻っても咎めを受けて腹を切らねばならぬことになるのは必定《ひつじょう》でございます」

「それならば、なぜ、いまからの話を聞かぬのだ」

「知らねば、ひとに漏らすこともございませぬ。その方が上原様もご安心だと存じます」

いや、違うとは与市は言わずに黙って新六の顔を見つめた。新六は落ち着き払って見返していたが、ふたたび頭を下げると、

――ご免
と言い残して障子を開け、縁側へと出ていった。その様子を与市は呆然と見送った。

方円斎はにやりと笑ってつぶやいた。

「せっかく、刺客にいたそうと思っていたのに、するりと逃げられたか」

障子には新六の黒い影が映っていたが、方円斎の声が聞こえなかったかのように歩み去っていった。

# 十

七月に入って小笠原出雲が突然、江戸から帰国した。

この年の七月はとりわけ暑さが厳しく城中のどこもかしこもうだるような熱気が籠り、登城した藩士たちも背にべっとりと汗をかいていた。

家老の小宮四郎左衛門始め、伊藤六郎兵衛、小笠原蔵人、二木勘右衛門ら国元の重臣たちと城中でしきりに協議を重ねた。

やがて出雲が帰国したのは、渋田見主膳の家老就任を急がせるとともに、忠固の溜間詰昇格の際の幕閣への謝礼の金子を国元から送らせるためだということが家中にも伝わってきた。

金子がどれほどなのかは、はっきりしなかったが、出雲からその金額を聞かされた小笠原蔵人が目をむいて、

「さような金がどこにあるというのだ」

とつぶやいたという。出雲と重臣たちの話し合いが行われている最中、新六は伊勢勘十郎の屋敷に呼び出された。

すでに夜になっており、新六が訪いを告げると、家士は丁重に奥座敷へと案内した。

中庭に面した縁側から蠟燭《ろうそく》が灯る座敷に入ると、床の間を背に出雲が座っていた。出雲の前には酒食の膳が置かれている。

出雲の向かい側に座った勘十郎も膳を前にして杯を口に運んでいた。新六が畳に手をつかえて、

「印南新六でございます。お招きにより、参上いたしました」

と挨拶した。出雲は無表情な顔つきのまま、おう、とのどの奥で鳴るような声を出した。勘十郎はにこやかに言った。

「しばし待て、酒の膳を運ばせよう」

新六が、それがしは不調法にて、それにはおよびません、と遠慮したが、勘十郎は機嫌良さそうに、

「まあ、よいではないか」

と言って、ぱんぱんと手を叩いた。応じて縁側に来た女中に、

「客人に酒だ」

と手短に命じた。新六がやむを得ず、勘十郎が目で示したあたりに座ると、間もなく酒器と肴《さかな》の皿がのった膳が運ばれてきた。

「まずは一献――」

新六に杯を持たせると勘十郎は尊大な様子で酒を注《つ》いだ。新六が黙って杯に酒を注が

れる様子をじろりと見ていた出雲がぽつりと言った。

「どうだ、連中の動きは。今頃、なんぞ企んでおろう」

新六は杯を口に運ばず、膳に置いて答えた。

「さて、それがしは近頃、会合に出ておりませぬゆえ、存じません」

「わしは奴らの動きを探れと言うたはずだが、背いたのか」

出雲は冷酷な口振りで言った。新六は膳を横にのけて手をつかえ、仰々しく、深々と頭を下げた。

「それがしは間者となることを承知した覚えはございませぬ」

「いまさら、さようなことを申すか。父が受けた恩を忘れたか」

「さようではございませんが、父がお借りした三十両は工面をいたしてすでにお屋敷にお返しいたし、家士の方から証文も戻していただいております。このことは、ご家老様もご存じのはずでございます」

新六が平然と言ってのけると、出雲は蔑《さげす》んだ表情になって、

「つまり、金を返せば恩はないというわけか」

とつぶやいた。出雲が酒を飲み干すと、勘十郎はにじり寄って酌をした。

「しかし、印南が探らずとも、何事かを彼奴《きやつ》らが企んでおるのは明らかでございます」

「では、やはり、わしを狙うのか」

出雲はつまらなそうに言った。

「おそらく、さようかと思います。それだけにこちらは面白い手が打てますぞ」

「どうするというのだ」

「上原与市には、ご家老の命を狙うほどの胆力はございません。もし刺客になる者があるとすれば、直方円斎であろうかと存じます。わが藩におきまして、方円斎と戦えるほどの腕を持つ者は印南だけでございます。たとえ父の借金を返したとしても受けた恩は、印南とて忘れたわけではございますまい」

勘十郎はしたり顔で言った。せっかく、旧犬甘派の刺客となることから逃れたと思ったのに、勘十郎は出雲の護衛をさせようというのだ、と察して新六は眉をひそめた。

出雲は鋭い目を新六に向けた。

「犬甘兵庫はそなたを、いざというとき、わしへの刺客といたすつもりだったのであろう。ところが、そなたがわしを守ることになるとは、とんだ皮肉だな」

新六は静かに口を開いた。

「護衛のお役目はそれがし、お引き受けいたしかねまする」

「なんだと」

勘十郎は険しい顔になって自ら酒を注いだ杯を口に運んだ。

「旧犬甘派の会合に出続けておれば、刺客にならざるを得なかったと存じます。それを逃れたからには、旧犬甘派はそれがしへの監視の目を強めましょう。護衛の役につけば小笠原様がどこにおられるか、どの道筋を通られるかを報せるのも同然でございます」

淡々と新六が話すと、勘十郎は顔をしかめた。

「刺客にはならぬが、護衛もできぬと申すか。まさに鳥でもなければ獣でもない蝙蝠のごとき者だな」

ひややかな言葉に新六は目を伏せ、唇を一文字に引き結んだ。


翌日――、源太郎の屋敷を渋田見主膳が訪れた。

朝から蒸し暑く、汗ばむ日だった。

主膳は六十過ぎで肩幅が広く、肉付きのいい体格だった。眉が太く鷲鼻《わしばな》であごがはった顔である。陽射《ひざ》しの中を歩いてきたため、額に汗を浮かべていた。非番だった源太郎が客間で会うと、主膳は時候の挨拶の後、

「菅殿は忠義の臣でござるか。それとも不忠の臣ですかな」

と唐突に訊いた。源太郎は不愉快に思いながら答えた。

「自らを不忠の臣だと言う武家はおりますまい」

主膳はにやりと笑った。

「いや、さようなことはない。近頃は殿の命に逆らうことを何とも思わぬ者がおると聞

いておる」

「殿の命には何でも従うのばかりが忠義ではございますまい。殿に諫言し、君側の奸をはらうのも忠義かと存ずる」

源太郎は、きっぱりと言ってのけた。

「だが、出雲様が溜間詰昇格のことについて、かねてから何度も殿に諫言いたされておるのはご存じあるまい」

主膳はしたたかな顔になって言った。

「なんですと」

「まことのことなのだ。出雲様は溜間詰昇格を働きかけしようとすれば費《つい》えがどれほどかかるか計り知れぬ、と殿をお諫めしてきた。しかし、どうしてもお聞き届けくださらぬゆえ、それならば自らが行うことで費えを少しでも少なくしようとしておられるのだ。そのことを国元の家老たちは見ようとはせぬ」

「それは――」

源太郎は言い返そうとしたが、言葉に詰まった。主膳はさらに畳みかけるように言葉を継いだ。

「菅殿、政《まつりごと》と申すは悪人の仕事なのだ。そこもとが信奉された犬甘兵庫殿がまさにさようなおひとではなかったかな。何事も強引に推し進め、ひとの謗りを意に介さぬ。さようなひとでなければ政はできぬのだ。そうは思われぬか」

主膳にうかがうように見られて、源太郎は目をそらした。主膳は、源太郎の内心を推し測るかのように、何度もうなずいた。

「犬甘兵庫殿亡き後、さような仕事ができるのは出雲様しかおられぬのはおわかりでござろう。なるほど、儒者の上原与市の説くところは正義であり、耳に聞こえがよいかもしれぬが、実のところは何の役にも立たぬ。おのれが正しいと言い立てて立身出世を願っておるだけの話だ」

主膳は厳しい顔つきで言ってのけた。源太郎は主膳に向き直って口を開いた。

「渋田見様はなぜさような話をそれがしになさるのでござりまするか」

主膳はさりげない様子で出されていた茶碗《ちゃわん》に手をのばした。背をかがめ、茶をすすってから、

「旧犬甘派で物の役に立つのは菅殿おひとりと見たからでござる。何も出雲様の派閥に入れとは言わぬ。わしは出雲様と親しき間柄ではあるが派閥に入っておるわけではない。そのわしとともに藩のため力を尽くさぬか、と申し上げておるのだ」

と答えた。主膳の言葉には重みがあった。源太郎はしばらく考えたが、やや苦しげに言った。

「さような仰せはまことにありがたくはございますが、それがしはいまさら志を同じく

する方々を裏切れませぬ」

源太郎の言葉を聞いて主膳は苦々しげにつぶやいた。

「同志などとは慮外な申し様をされる。家中一同、心を同じくして主君にお仕えいたすのが武士たる者の本分でござろう。いたずらに私党を作り、藩政を動かそうとするは、不忠の極みですぞ」

「それは出雲様も同じではございませぬか」

源太郎は突っぱねるように言った。主膳はからからと笑った。

「なるほど、そうかもしれん。しかし、わしは違うぞ。それゆえ、菅殿にはわしとともに立っていただきたいのだ」

言い終えた主膳は膝を正して、では、そろそろお暇《いとま》いたすとしようか、と告げた。さりげない振舞いだが、有無を言わせぬところが主膳にはある。

源太郎は主膳に続いて立ち上がると、玄関まで見送りに出た。玄関先には主膳の供ふたりが控えていた。

主膳は玄関先で刀を差し、出ていこうとしたが、ふと、振り向いた。

「本日はまことにありがたきお話をうかがえた。これからのことを思うと、まことに心丈夫でござる。菅殿とそれがしはこれから同志であるとお思い願いたい」

なめらかな口調で主膳は言った。

源太郎ははっとした。主膳の誘いに対して、何の言質《げんち》も与えてはいなかった。だが、主膳は供の前で声を高くしてあたかも源太郎との間で約束事ができたかのように振舞って見せたのだ。

「渋田見様――」

源太郎はあわてて声を発したが、主膳は重々しく、

「大事ござらぬ。菅殿の心中、よくわかり申した」

と言って踵を返し、背中を向けた。主膳は呆然としている源太郎を残して、そのまま蒸し暑さが増した陽射しの中へと出ていった。

小笠原出雲は家老たちと話し合いを行った後、あわただしく江戸へと戻っていった。家老たちとの協議はととのわないままで、家中にはしこりのようなものが残った。

九月に入って、藩主忠固が帰国した。

渋田見主膳を家老とすることをあらためて告げられた小笠原蔵人や伊藤六郎兵衛、小宮四郎左衛門、二木勘右衛門らはこぞって反対した。

「それでは家中がおさまりません」

「むしろ渋田見殿を罷免なさるべきでございます」

「出雲様のなされように不満を持つ家中の者は多いのでございまする」

蔵人たちは大広間で忠固に相次いで言上した。

忠固は黙って家老たちの言い分を聞いていたが、話が一段落すると、吐き捨てるように言った。

「主命に逆らうとは、まことに不忠の者たちであるな」

忠固の言葉に家老たちは凍りついたようになった。不忠の臣とまで言われては、これ以上の諫言はできない。

黙り込んだ家老たちを見据えた忠固はこめかみに青筋を立てた癇性《かんしょう》な顔つきで、

「そなたらの申し条は相わかった。それ以上、聞きとうはないゆえ下がれ」

と言った。

「仰せではござりまするが」

蔵人がなおも言上しようとすると、忠固は腹立たしげに立ち上がった。

「もはや、聞かぬと申したのが、わからぬか」

厳然とした言葉に家老たちは、言葉もなくうなだれるしかなかった。

## 十一

藩内で不穏な気配が漂う中、旧犬甘《いぬかい》派では源太郎が孤立していた。

源太郎はその後も招かれるまま、主膳の屋敷を何度か訪れて藩政について語り合っていた。

出雲派に寝返るつもりはなかったが、主膳を通じて藩への献策が行えるならば、という気持だった。しかし、このことが旧犬甘派に知られると、上原与市と直方円斎《あたい》、早水順太が屋敷を訪れた。

奥座敷に通された与市は厳しい声音で、

「菅殿が、渋田見主膳を通じて出雲に誼《よしみ》を通じようとしているという噂《うわさ》がありますが、まことでございましょうか」

と糾問した。源太郎は表情を硬くして答えた。

「さようなことはござらん。渋田見様に藩政についての意見をいささか申し上げただけのことでござる」

「献策でござるか。それはよきことでござるが、つまりは自らを用いてくれという意を伝えたというわけですな」

与市はひややかな口調で言った。

「そんなことはいたしておりませぬ」

源太郎は心外だ、と言わんばかりに答えた。方円斎が身じろぎして口を開いた。

「されど、菅殿が渋田見屋敷を訪ねられれば、かような疑いを持たれることはわかっておられたのではありませぬか」

「疑念が生じるやもしれぬという危惧はあり申した」

源太郎は観念したように言った。

「それでも渋田見様を訪ねられたのは、いかなるわけでございましょうか」

「渋田見様は政《まつりごと》とは悪人の仕事だと言われた。謗《そし》られてでも成し遂げねばならぬことがあると。それゆえ、危ういと思いつつも献策いたそうと考えたのでござる」

与市は、ふふ、と笑った。

「つまるところ、菅殿は主膳めにだまされたのです」

「だまされたと言われますか？」

眉をひそめて源太郎は問い返した。

「菅殿が主膳の屋敷に行かれておることが、なぜわれらの耳に入ったと思われまするか。出雲の派閥の者たちが言いふらしておるからですぞ。いずれは藩の重職に上ると見られている菅殿がわれらと袂《たもと》を分かったと知られれば、家中の者たちで動揺する者もいるからです」

「さようなことは――」

源太郎が頭を振ると、順太が膝を乗り出した。

「ないと仰せになるのであれば、証立《あかしだ》てていただきとうござる」

源太郎はむっとして順太を見返した。

「どうせよと言われるのだ」

方円斎がふわりとした言い方で割って入った。

「なに、造作もないことでござる。疑いの元となっている渋田見主膳を斬ればよいのですからな」

「なんですと」

源太郎は目を剝《む》いた。方円斎は目を鋭くして言葉を発した。

「以前、君側《くんそく》の奸《かん》である出雲を斬ろうといたしたが、残念ながらあまりに警固が厳重ゆえ、断念いたした。主膳は出雲に比べれば警固は手薄のはず。斬るのはさして難事ではございますまい」

「されど、いかなる大義名分があって渋田見様を斬ると言われるのか」

源太郎が眉根を曇らせて訊《き》くと、与市は笑った。

「渋田見主膳は言わば、出雲の手先でございます。それだけで斬る理由は十分ではございませんか」

方円斎と順太もうなずいた。源太郎は目を閉じて訊いた。

「それがしに渋田見様を斬って身の潔白の証を立てろと言われるか」

「さよう、武士なれば逃げられぬところと存ずる」

方円斎がぴしりと言った。源太郎は腕を組んで考え込んだ。

眉間にしわが寄って、苦しげな表情だった。


この日、主膳の屋敷を伊勢勘十郎が訪れていた。江戸の出雲から届いた手紙を見せるためだった。

主膳は勘十郎を茶室に招じ入れ、茶を点《た》てたうえで、手紙を開いた。

勘十郎が茶を喫する間に読み終えた主膳は、手紙を巻くと勘十郎の膝前《ひざまえ》に戻した。

自分のために黒楽茶碗《くろらくちゃわん》に茶を点てた主膳は、ゆっくりと飲み干してから、

「出雲様はよほどのお覚悟のような」

とつぶやいた。勘十郎は大きくうなずいた。

「さよう、すでに殿と申し合わせておられるとのことですが、逆らう者どもを根こそぎにいたされるようでござる」

「根こそぎとなると、家臣の半分にもおよぶかもしれぬ」

主膳は考えながら言った。

「それほどにいたさねば、殿の溜間詰昇格のことはかなわぬと思われたのでありましょう」

勘十郎の言葉に主膳は皮肉な笑みを浮かべた。

「殿はさほどに老中になりたいと思われてか」

「異国の船がわが国の近海に出没するようになっております。いまこそ幕閣にあってお働きになられたいのだと存ずる」

「そのために金をいくら使っても惜しくないというのでは、家臣や領民にとって困りものだがな」

主膳は平然と忠固《ただかた》を誹《そし》るかのごとき言葉を口にした。勘十郎が閉口して、

「渋田見様――」

と言うと、主膳は声を出さずに笑った。

「わしは忠義の家臣だ。仮にも殿のなされることを誹ったりはせぬ。ただ、百姓どもがさぞや搾り取られることになろうと思ってな」

冗談めかして言う主膳を戸惑った面持ちで見つめていた勘十郎はふと思い出したように口を開いた。

「そう言えば、渋田見様が彼《か》の菅源太郎めに仕掛けられた罠《わな》は功を奏したようでございますな」

「ほう、そうか」

「さよう、旧犬甘派の者たちは、菅源太郎が寝返ったと疑って、騒動いたしておるとのことでございます」

勘十郎が舌なめずりして言うと主膳は薄い笑いを浮かべた。

「あの男は学問もでき、頭もよいが、上士の家に生まれただけに、いささか甘いところがある」

「ほう、甘《あも》うございますか」

「それまで親しくもなかった相手がおのれに近づいてくれば、言うことを眉につばをつけて聞かねばならぬが、あの男はまっとうに耳を傾ける」

勘十郎は首をかしげて主膳を見た。

「ただいまのお言葉をうかがうと、何やら菅源太郎を買っておられるようでございますが」

「物の役には立つ男だ。されど、家中の争いがこれほど根深くなって参れば生き延びるのは難しかろう」

主膳は無表情に答えた。

「では、菅を救ってやろうとはお思いになられませぬか」

勘十郎は確かめるように訊いた。

「さような甘いことはせぬ。これからは一歩足を踏み外した者が首を失うという厳しき争いになろう。まずはおのれが生き延びることを考えねばならぬ。ひとのことを構ってはおられまい」

主膳はためらいのない口調で話すと、もう一服進ぜようと言い添えた。

勘十郎は主膳の点前《てまえ》を見つめながら、

「菅源太郎め、間もなく首を失うやもしれませんな」

と愉快そうに言った。いまは菅源太郎の妻になっている吉乃に乱暴しかけ、そのために新六に御前試合で打ち据えられて、ひどい怪我《けが》を負ったことを思い出していた。

（菅源太郎が酷《むご》い目にあえば、あの女はさぞや嘆くことだろう）

それが新六への何よりの仕返しになると、勘十郎は胸の中でつぶやいていた。


夜になって、源太郎は書斎にひとり籠り、蠟燭《ろうそく》を点《とも》して書見台に向かっていた。だが、読書は形だけで、ひたすら考え続けていた。

与市らの唆しによって、渋田見主膳を暗殺すれば、もはや後戻りは許されない。出雲派との争いに勝たなければ、いずれ切腹か斬首の刑になるだろう。もとより、武士として常時、死は覚悟しているつもりだが、藩主忠固の命に逆らっての死であれば、不忠の汚名を着ることになる。

そのことへの恐れが胸中にあるため源太郎は懊悩《おうのう》していた。そんな源太郎の様子に茶を持ってきた吉乃は心配げな目を向けた。

「昼間、何かございましたのでしょうか」

吉乃が座って声をかけると、源太郎はわれに返ったように振り向いた。

「なぜ、さようなことを聞くのだ」

「申し訳ございませぬ。上原様たちがお見えになったおり、あまりにもただならぬご様子でしたので」

吉乃は伏し目がちに言った。源太郎は、そうか、とつぶやくように言うとため息をついた。

「これは、御家の大事に関わることゆえ、妻であるそなたにもらすのもいかがかとは思うが、わたしの身に万一のことがあるやもしれぬから、話しておこうかと思う」

「お聞かせくださいませ。決してひとにはもらしませぬゆえ」

吉乃は源太郎に真摯な眼差しを向けた。源太郎は唇を嚙《か》んで考えてから顔を引き締めて話し始めた。

「わたしはいま犬甘派の同志の方々の疑いを受けておる。渋田見主膳様の屋敷に何度か伺い、藩政についての話をいたしたゆえだ。無論、やましいところはないつもりだ。しかし上原殿たちはわたしを信じられぬ様子で証を立てるよう迫られた」

源太郎の顔に翳《かげ》りが浮かんでいた。吉乃は痛ましいものを感じつつ、

「されど、旦那様は決して私利私欲で動かれる方でないことは皆様もよくご存じのはずと思いますが」

と言った。源太郎は二度、深くうなずいた。

「そうなのだ。わたしも信じていただけると思っていたが、どうやらそうではないようだ。言わば不徳のいたすところかもしれぬが、上原殿たちは、証を立てるため、さる方を斬れと言われるのだ」

苦しげな源太郎の言葉に吉乃は目を瞠《みは》った。

「どなたをでございますか」

「それは言えぬ。言えば同志の方々を裏切ることになろう」

「仮にも同じ家中の方を殺《あや》めるなどあってよいこととは思えませぬ」

吉乃は案じるあまり、出過ぎたことかと思いながら言った。

「わたしもさようには思うのだが、いつの間にか、どうにも抜けられぬ罠に落ちたような気がしている」

源太郎は腕を組んでぽつりぽつりと話した。吉乃は目を伏せて思いをめぐらせていたが、ふと、口を開いた。

「かようなとき、新六殿ならばいかがされましょうか」

「印南《いんなみ》殿か――」

源太郎は意外な名を聞いたという顔をした。しかし吉乃から新六の名を出されて、六月に与市が帰国したおり、暗殺の企《くわだ》てがあったことを思い出した。

あのおり、方円斎は新六を刺客とするつもりだったようだ。しかし、新六は機先を制して辞去し、刺客にならずにすんだ。

「刺客のことを言いだされる前に印南殿は身をかわされた。思えば、あれもまた剣の奥義なのかもしれぬな」

「では、新六殿なればかようなおり、どのように切り抜けたらよいか、おわかりなのではありますまいか」

吉乃は勢い込んで言った。源太郎はじっと吉乃の顔を見つめたが、しばらくして頭を横に振った。

「印南殿を頼ろうというのか。それはできぬ。印南殿はすでに身をかわされたのだ。それなのにわたしのことに関わっては身のためにならん」

「ですが、新六殿は必ず、力になってくださると存じます」

吉乃は力を込めて言った。源太郎は訝《いぶか》しげな表情になった。

「印南殿はそなたの親戚ではあるが、わたしとは何の縁《ゆかり》もない。それなのに、迷惑はかけられぬ」

「新六殿は迷惑とは思われぬと存じます」

吉乃がはっきりした口調で言うと源太郎は首をかしげた。

「なぜ、そのように思うのだ。印南殿は霧ヶ岳で烽火《のろし》を上げる際もひそかにわたしをかばってくれたような気がしている。あのおりから何故《なにゆえ》であろうと思っていた。印南殿には何かわたしをかばわねばならぬわけでもあるのだろうか」

「さようなことはないと存じますが――」

吉乃は顔を伏せて口籠ったが、恐る恐る、

「新六殿はおやさしい方だと存じます」

と口にした。

源太郎は目を閉じて考えをめぐらした後、あきらめたようにつぶやいた。

「やはり、印南殿を頼るわけにはいかぬ」

吉乃はうつむいて何も言えなかった。

夜がしだいに更けてゆき、庭から虫の声が聞こえてくる。

## 十二

吉乃が新六の屋敷を訪ねたのは、十日後の夕刻になってのことだった。

源太郎のもとへは、その後も方円斎や順太が訪れて、何事か打ち合わせている気配があった。

日がたつにつれ、源太郎は緊張した様子で夜中に起きだしては、庭で真剣を振るなどしていた。口数も少なくなり、吉乃が問うても、何も訊くな、と一喝するだけで、もはや打ち解けた話などしなくなっていた。

そしてこの日、いつもより早く下城した源太郎は迎えに来た順太とともに、

「今宵《こよい》は遅くなるぞ」

と言い置いて出ていったのだ。

今夜、何事かが起きるのだ、と吉乃にもはっきりとわかった。

このままにしていれば、取り返しのつかないことになるのではないか、と思った吉乃はたまりかねて新六の屋敷を訪れたのだ。

すでに日が傾き、新六の屋敷の門は夕焼けに赤く染まっていた。

吉乃が訪《おとな》いを告げると、年寄りの家僕が出てきた。家僕は玄関先に吉乃が立っているのを見て、目を丸くすると奥にいた新六にあわてて告げにいった。

玄関に出てきた新六は驚きの表情を浮かべた。

「吉乃様、いかがされましたか」

「お願いの儀があって参りました。夫を助けていただきたいのでございます」

切羽詰まった表情で言う吉乃を新六は中庭に面した座敷に上げた。いまも妻《めと》を娶らずにいる新六の屋敷は質素でどこか寂しげだった。

座敷の障子を開け放ち、夕暮の赤い陽射《ひざ》しを奥まで届かせながら、新六は話すように

吉乃をうながした。吉乃はうなずいて口を開いた。

「夫は今宵、どなたかを殺めに参ったのではないかと思います」

「それは上原殿らが関わりのある話でござろうか」

事態が急だと察した新六は短兵急に訊いた。

「さようでございます。夫は渋田見主膳様とお近づきになったため、上原様たちから、あらぬ疑いをかけられたようでございます」

「なるほど、おおよその察しはつきます。菅様はそれで刺客になることを求められたのでしょう」

新六は眉をひそめた。源太郎が主膳の屋敷へ何度も行っているという噂は新六も聞いていた。与市たちが黙っていないのではないか、と案じていたが、やはりこういうことになっていたのかと思った。新六は吉乃を見つめた。

「菅様は誰を狙うかをお話しになりましたか」

「いえ、聞いておりませせぬ」

吉乃は頭を振って答えた。

「さようでございましょうな」

応じながらも、新六はおそらく狙われているのは、渋田見主膳だ、と見当をつけた。いま、旧犬甘派が国元で暗殺を企てる相手としては主膳ぐらいしかいない。職務に精励《せいれい》恪勤《かっきん》する主膳の下城はいつも深夜になる。

源太郎たちはどこかにひそんで主膳を待ち受けるつもりだろう。まだ主膳が襲われる刻限には間があるはずだ、と考えた新六は落ち着いて吉乃に訊《たず》ねた。

「それで、吉乃様はそれがしに何をして欲しいと思われるのでござるか」

問われた吉乃は戸惑いながらも懸命に答えた。

「夫に刺客などして欲しくありませぬ。生きて戻ってきてもらいたいと思います」

「菅様を無理に連れ戻すことはあるいはできるやもしれません。しかしそれでは菅殿は面目を失い、卑怯者の汚名を被《こうむ》ることになりますぞ」

新六の言葉に吉乃はぞっとしたかのように、頭を激しく振った。

「さようなことになれば、夫は生きておらぬと存じます。武家の妻として覚悟ができておらぬと蔑《さげす》まれるかとは思いますが、わたくしは夫に生きて欲しいのでございます」

新六は感銘を受けたように何度もうなずいて吉乃の話を聞いた。そして膝をぴしゃりと手で叩くと、

「わかり申した。それがしが何としても、菅様が生きて吉乃様のもとに戻れるようにいたしますぞ」

吉乃の顔がぱっと明るくなった。

「まことでございますか。夫には止められておりましたが、やはり新六殿をお頼みいた

してようございました」

源太郎には止められていた、と吉乃が言うのを聞いて新六は悲しげな顔になった。

「吉乃様、それがしが昔、生涯かけて吉乃様をお守りいたすと申したのを覚えておられますか」

突然、言われて吉乃は戸惑いつつもうなずいた。まだ娘のころ素戔鳴神社の杉木立で伊勢勘十郎に乱暴されそうになったとき、助けてくれた新六は、

「ご安心ください。わたしが吉乃様をお守りいたしますから」

と言った後、声を低めて、

「このことは生涯かけて変わりませんぞ」

と付け加えたのだ。後になって、このころ親戚の間で自分を新六に嫁がせようという話が進んでいたと知った。

新六が勘十郎の手から吉乃を助けたおりに口にした言葉は、やがて妻となる女人《にょにん》に向けたものだったのだ。

しかし、新六は吉乃が恐れを抱き続けることがないように、御前試合で勘十郎を叩き伏せ、怪我を負わせたことで江戸に追いやられた。

その間に吉乃は源太郎に嫁して、ふたりの歩む道が重なり合うことはなかった。それでもなお、新六は吉乃への想《おも》いを失わずにいるようだ。

そのことに気づいたとき、源太郎を助けるよう新六に頼んだのは酷いことなのかもしれない、と吉乃は思った。

だが、今夜、源太郎を救えるのは、新六しかいないのだ。

「新六殿、わたくしは申し訳なきことをお頼みいたしているのかもしれません」

吉乃がうなだれると、新六はあわてて言葉を継いだ。

「何を言われますするか。それがしは吉乃殿のお役に立てるのが嬉《うれ》しいのでござる。よくぞ、それがしを頼ってくださいました」

「なれど、新六殿にご迷惑をおかけいたしては申し訳ありません。夫が無事、戻りましたなら、わたくしにできますことなら、どのようなことにてもさせていただく覚悟でございます」

吉乃が思いつめた表情で言うのを、新六は悲しげな目で見つめて、

「何を言われることやら、吉乃様からはすでに十分なることをしていただいております」

と言った。吉乃は驚いて問い返した。

「わたくしが新六殿のために何かして差し上げたことがございましたか」

「はい、今年の春、お屋敷の桜の花びらが舞う庭にて、吉乃様が見守る中、千代太殿と剣術の稽古をいたしました」

「さようです。申し訳なきことながら、あのおり、吉乃様を妻に迎えて生《な》した男子《おのこ》に剣を教えているような心持ちになり、まことに温かく満ち足りた思いがいたしたのでございます」

新六はしみじみと言った。

その声を聞いて、吉乃は新六から助けられてからのことをまざまざと思い出した。あのおり、自分がおびえなければ、新六は御前試合で勘十郎に怪我を負わせることはなかっただろう。

新六の人生を曲げてしまったのは自分なのかもしれない。しかも、いままた、源太郎を助けてくれ、と新六に無理な頼みをしている。そのことがまた新六の運命を大きく変えてしまうかもしれないのだ。

「新六殿、わたくしは何ということをしてしまったのでしょう」

後悔の念が吉乃の胸にあふれた。だが、新六は笑顔で答えた。

「何を言われますか。それがしが引き受けたからにはご安心なさって屋敷で菅様のお帰りをお待ちください」

新六にうながされて、吉乃は後ろ髪を引かれる思いながらも屋敷へと戻っていった。

門前で吉乃を見送った新六は部屋に戻ると身支度をした。

「あのことが――」

袴《はかま》の股立《ももだ》ちを取り、頭巾をかぶって顔を隠し、草鞋《わらじ》を履いて足ごしらえをした。家僕には、今夜、外出したことをひとにもらすなと言い含めてから裏口を出ると、日が落ちて薄闇となっていた。

主膳は下城するおり、大手門近くの松並木で囲まれた馬場を横切る。主膳が襲われるとしたら馬場だろう、と新六は見当をつけていた。

薄闇の中を新六は黒い影となって走り出した。

そのころ、馬場では頭巾をかぶった源太郎と順太がそれぞれ松の幹に隠れるようにして身をひそめていた。順太は手槍《てやり》を携えていた。方円斎は源太郎と順太が襲撃するのに邪魔が入らぬよう離れた場所で見張っている。

すでに月が昇っていた。

間もなく主膳が下城してくるのではないかと思えた。源太郎は主膳を襲う心を定めていた。

主膳と何度か話をする間に相手の胸の裡《うち》にひややかなものがあるのに気づいていた。おそらく源太郎との関わりは政に利用するためだけのものなのだろう。

だとすれば、藩を改革するために斬ることをためらう必要はない、と覚悟を決めた。

しかし、主膳を斬ることですべてが終わるのだろうか、と不安な気持があった。

ひとたび血を見れば、際限なくその争いは長引いて流血が続くのではないだろうか。与市は常に君側の奸を除けば、藩政を革《あらた》めることができると唱えているが、出雲は藩主忠固の意を受けて動いている。

出雲を除くことは、忠固をないがしろにすることであるからには、改革の行く末は容易ではないだろう。そう考えれば、これからは主君との争いになるのだ、と源太郎は重苦しい心持ちになった。

屋敷で待つ吉乃の顔が思い浮かんだ。

何不自由のない身で心安らぐ家族がありながら、藩政への思いから、修羅の道へ踏み入ろうとしているのだ、と源太郎はあらためて思い知った。しかし、もはやここまで来てしまったからには、引き返すわけにはいかない。

脳裏に浮かんだ吉乃の面影を消そうとした。主膳を斬れば、もはや、屋敷に戻ることはないかもしれない。

源太郎は心を静めようとした。そのとき、大手門の方角で小さな灯りが動くのが見えた。傍《かたわ》らの松に身を隠した順太が囁《ささや》くように言った。

「あれは主膳の供が持つ提灯《ちょうちん》かもしれませんぞ」

「そうだな」

答えながら、源太郎は声が落ち着いていることに安堵《あんど》した。もはや、迷ってはいないのだ、と思った。後は、主膳が近づくのを待って斬りつけるだけだ。
（渋田見様、どうやらわれらが出会ったのは悪縁だったようでござる）
源太郎は胸の中でつぶやいた。すると、闇の中から、

南無阿弥陀仏《なむあみだぶつ》
南無阿弥陀仏
南無阿弥陀仏

という低いつぶやきが聞こえてきた。順太がこれから斬る主膳のために阿弥陀仏に帰依し奉る、と唱えているようだ。

源太郎もいつの間にか、小声で、

南無阿弥陀仏

と唱えていた。いまから振るうのは破邪顕正《はじやけんしよう》の剣なのだ、と自らに何度も言い聞かせていた。

新六は闇の中を疾走した。やがて黒々とした松並木が続く馬場が見えてきた。

馬場に駆け入ろうとした新六の足がぴたりと止まった。

月が出ている。

馬場に松の黒い影が伸びていたが、その影に隠れるようにしてひとが立っていた。ゆらりと人影が動いて月明かりの下に出てきた。

頭巾をかぶっているが、腰の構えと体つきで、直方円斎だと新六にはわかった。方円斎もまた新六だと見破っていた。

「印南殿、いずこへ行かれる」

方円斎は落ち着いた声をかけた。

「直殿がここにおられるからには、渋田見様を襲うのは、やはり馬場ということですな」

新六が確かめるように言うと、方円斎は、くっくっと含み笑いした。

「そうだとしたら、どうされるつもりだ」

「刺客の中に菅様がおられよう」

「言えぬな」

方円斎は素っ気なく答えた。

「その返事だけで十分でござる。それがしが参ったのは菅様を連れ戻すためにございますゆえ」

「ほう、われらの企てを邪魔されるつもりか」

方円斎はわずかに腰を落として身構えた。新六は頭を横に振った。

「さにあらず、菅様は刺客にふさわしくないゆえ、お戻りいただき、それがしが代わって主膳を斬り申す」

「なんと」

「それがしも旧犬甘派に身を置いているのであれば、小笠原出雲につながる渋田見主膳を斬ったところで不思議はござるまい」

新六は平然と言った。

「六月に出雲を斬ろうとしたおりには、巧みに逃げた印南殿がなぜ考えを改められたのでござろうか。さように言われながら、実は主膳を助けようという魂胆かもしれぬな」

方円斎はなおも構えを解かず、うかがうように新六を見据えた。

「いや、さようなことではありませぬ。ただ、それがしにはお守りせねばならぬひとがおります。そのひとの願いによってかくは参った」

新六が言い終わるや、

――笑止
一声かけて、方円斎は踏み込んで間合いを詰め、居合を放った。きらっ、きらっと白刃が月光に輝いた。

新六は後ろに跳び退《しさ》って、刃を避けながら、片手を突きだして制した。

「待たれよ。それがしはまことのことを申しておるだけでござる。偽りは申さぬ。それよりも早水殿と菅様だけではしくじるやも知れませんぞ。それがしが参れば万に一つも主膳を逃しはいたさぬ。そのこと、直殿ならおわかりのはず」

新六が懸命に言うと方円斎は刀を鞘《さや》に納めた。

「よかろう。ならば、行くがよい。菅殿らは馬場の北の端にて主膳を待ち伏せいたしておる」

方円斎にうながされて、新六は、ならば参る、と答えて走り出した。方円斎の傍を駆け抜けようとしたとき、方円斎が一瞬、腰を沈めた。

またもや、白刃が光った。

新六は宙に跳んで、方円斎が斬りつける刀をかわした。方円斎はさらに間合いを詰めて斬りつけてくる。

新六はゆらゆら揺れるようにして、かわしていたが、方円斎が上段から振り下ろした刀が空を切ると、刀の峰に飛び乗った。

「おのれ、足鐔《そくたん》か」

方円斎は叫ぶなり、放胆にも刀を捨てた。新六が宙で回転して跳ぶところへ方円斎は脇差《わきざし》を抜いて斬りつけた。

新六は地面に降り立つと刀に手を添えて鍔《つば》で方円斎の脇差を受け止めた。次の瞬間、新六と方円斎は弾《はじ》かれたようにそれぞれ後ろに跳び退った。

「勝負なしじゃな」

方円斎が笑って言うと、新六は頭を下げて背を向け、また走り出した。

源太郎は提灯の灯りが近づくのを待ち受け、刀の柄《つか》に手をかけていた。いまにも立ち上がろうとしたとき、背後でひとの足音がするのを聞いた。

はっとして振り向くと、頭巾の男が近づいてきて、

「菅様か――」

と声をかけた。新六の声だった。

「なぜ、来られた」

源太郎が驚きの声をあげると、新六はそばに身を寄せた。

「奥方様に頼まれたのでござる。刺客など菅様のなさることではない。それがしが代わりましょう」

「何を申される。さようなことはできぬ」

源太郎が声を低くして言うのと同時に、傍らの松の陰から順太が飛び出して、

「来たぞ」

と言うなり駆けだした。源太郎もあわてて追おうとした。そのとき新六が、

——ご免
と言って、源太郎の腕をつかんで腰を入れて投げ飛ばした。源太郎は地面に叩きつけられて、うめき声をあげた。

「すぐに立ち去られよ」

新六は源太郎に声をかけると順太を追って走り、たちまち抜き去った。そのときに順太が手にしていた手槍を新六は奪い取っていた。

提灯を持った供を連れた主膳に風のように新六は駆け寄った。新六に気づいた主膳が、

「何者だ」

と怒鳴ったとき、新六はふわりと跳んでいた。主膳の頭上を跳び越えるとき、新六は手槍を投げつけていた。

新六は地面に降り立つと、そのまま振り向かずに走り去った。供の者が、旦那様、と声をあげて駆け寄ると、主膳の体がぐらりと揺れて仰向けに倒れた。

主膳の肩先から首筋にかけて手槍が刺さっていた。

その場から供の者によって主膳は屋敷へと運ばれた。まだ、辛《かろ》うじて息があったが、四日後に絶命した。

## 十三

渋田見主膳が暗殺されると、忠固はすぐには怒りを露わにはしなかった。却《かえ》って出雲派とされていた重職たちを遠ざけ、小笠原蔵人や伊藤六郎兵衛、小宮四郎左衛門、二木勘右衛門を重く用いる姿勢を見せた。

与市たちは、忠固が考えを改めたものと見て、

「これで藩政改革は成ったぞ」

と喜んだ。だが、主膳が殺された日以来、源太郎は病と称して出仕せずに屋敷にいた。犬甘派との接触も断って、何事か考えているようだったが、ある日、吉乃に話して聞かせた。

「わたしは印南殿に助けられて、渋田見様への刺客となることを免れた。これは僥倖《ぎょうこう》であったと言っていい。上原殿のやり方は過激に過ぎる。わたしは旧犬甘派から身を引こうと思う」

憑《つ》き物が落ちたような源太郎の言葉を吉乃は嬉しく聞いた。これ以上、源太郎に藩内の争いの中にいて欲しくなかった。

「差し出がましゅうはございますが、わたくしもそれがよろしいかと存じます」

「これもそなたが印南殿に頼んでくれたおかげだ。ありがたく思っているぞ」

源太郎は先日までとは打って変わった様子で言った。

吉乃は喜んだが、気になるのは新六のことだった。源太郎に代わって主膳を仕留めた新六が罪に問われるのではないか、と心配だった。

「新六殿に難儀がかかるのではありますまいか」

吉乃が案じて言うと、源太郎は頭を振った。

「いや、印南殿があの場にいたことを知る者はわたしと早水殿、直殿だけだ。誰もあの一件を口にする恐れはない。それに印南殿は刀で斬らず、手槍を使われた。斬り口から印南殿だとわかることもあるまい」

源太郎は確信ありげだったが、仮にも人ひとりの命を奪って、そのままですむとは吉乃には思えなかった。しかも、新六が刺客となったのは、自分の頼みを引き受けたからだ、と思えば申し訳なさが募った。

（わたくしは新六殿に甘えすぎている）

吉乃は何としても新六に詫《わ》びなければと思った。

十月に入って、吉乃は新六の非番の日を確かめたうえで屋敷を訪ねた。相変わらず新六の屋敷には年寄りの家僕がいるだけだった。

家僕に案内された吉乃が座敷に上がると、新六は縁側でぼんやりと庭を眺めていた。わずかな庭木があるだけの、何の変哲もない庭だった。

座敷に座って吉乃が挨拶すると、新六は縁側であわてて膝を正した。吉乃は思わず、

「新六殿、何をされておられました」

と訊いた。新六は頭に手をやって苦笑した。

「いや、庭を眺めておっただけのことです」

「庭は面白うございますか」

微笑んで訊いた。考えてみれば、こんなふうに新六と語ることなどいままでになかったことだ、と吉乃は思った。

「面白うはございませんが。やはり、四季おりおりで変わりますから」

「それを眺めて楽しまれるのでございますね」

吉乃に言われて新六は照れ臭そうに答えた。

「はい、四季があるということは、時が流れているということでございますから、何とのう命というものを感じるのです」

「命を感じられるのですか」

吉乃は眉をひそめた。やはり新六は源太郎を助けるために刺客となったことを悔いているのではあるまいか、と思った。

また、何気なく庭に目を遣《や》った新六に吉乃は声をかけた。

「やはり、わたくしは申し訳のないことをしてしまったようです」

新六は怪訝《けげん》な顔をして振り向いた。

「何のことでございますか」

「わたくしがお頼みしたため、新六殿は心に添わぬことをなされたのだと思います。きょうはお詫びに参ったのです。お許しください」

吉乃が頭を下げると、新六は手を振った。

「何を言われますか。武士であれば、常に生死《しょうじ》の覚悟はいたしております。渋田見様もそれは同様だったと存じます。武士たる者はいつ何時、首を失うことになろうとも悔いる心は持っておらぬものです」

「されど、新六殿は浮かぬ顔をされておられました。生死の覚悟を定められておられるはずなのに、なぜでございましょうか」

吉乃に重ねて訊かれて新六は思いがけない真面目な表情になった。

「上原殿たちは、殿が怒りをお見せになられぬゆえ、諫言《かんげん》を受け入れられたと思われているようですが、さようなことはありますまい」

「では、なにゆえ、殿様は何もなされぬのでございましょうか」

吉乃は首をかしげた。確かに忠固が静まり返っているのは不気味だった。

「おそらく、出雲様のご帰国を待たれているのでしょう。出雲様が戻られたなら、嵐が吹き荒れることになるのではありますまいか。そう思うと、庭の木々も何とのう、いとおしく思えて眺めておりました」

吉乃ははっとした。新六は、出雲が帰国したら死ぬことになると覚悟しているのではないだろうか。

吉乃は新六ににじり寄った。何かを新六に言わねばならないと思った。

「新六殿、死んではなりませぬ」

真情の籠った声で言われて、新六は戸惑った顔になった。

「さて、困りました。死ぬ覚悟をするのは、容易いことでござるが、生きる覚悟は難しいものです」

「ですが、わたくしは新六殿に生きていただきたいと思っております」

これほどの思いを新六に抱いていたのか、と吉乃は自分でも驚きながら言い募った。

新六はしばらく考えた後で、

「ならば、生きましょう」

とロにした。

吉乃はほっとして胸が熱くなるのを感じた。その思いは源太郎への気持とは別なものだ、と感じた。

娘のころから、いまにいたり、さらにずっと将来まで続く気持だと思えた。それほどの思いをなぜ新六に抱くのだろう。

吉乃にはよくわからなかった。ただ、わからないまま、このように向かい合っているのが理不尽なことのような気がする。

不意に婚礼の夜、源太郎に抱かれながら、新六の面影が脳裏を過《よぎ》ったことを思い出した。あのとき、新六は毎年、屋敷の軒先に来て巣をつくる燕《つばめ》に似ていると吉乃は思った。

その燕が三年ほど姿を見せず、ようやく戻ったときには屋敷の主人が変わっており、軒先に巣をかけることは許されなかったのだ。

新六は戻るのが遅すぎたのだ、と吉乃はあらためて思った。もし、そうでなければ、ふたりには違う在り様があったのかもしれない。

新六はまた庭に目を転じた。

吉乃は頭を下げて、きょうはこれにて帰ります、と告げた。新六はうなずいたが振り向こうとはしなかった。

吉乃は座敷を出て玄関まで来たとき、新六が振り向かなかったのは目に涙をためていたからではなかったか、と思った。

玄関を出て門をくぐった吉乃は、あたりの風景が滲《にじ》んで見えるのに気づいた。自分も泣いているのだと知って、なぜだろう、なぜだろうと胸奥深くでつぶやきながら帰路をたどった。

出雲は十一月になってひそかに帰国した。
笠《かさ》で顔を隠して屋敷に入った出雲は夜になって勘十郎を呼び寄せた。奥座敷で勘十郎に会った出雲は開口一番に、
「どうだ、わかったか」
と訊いた。
勘十郎は、わかりましてございます、と言って懐から書付を取り出した。出雲が受け取って、蠟燭の明かりで見ると書付には旧犬甘派や小笠原蔵人ら国元の四人の重臣に連なる十数人の藩士の名が記されていた。その中でも、
菅源太郎
直方円斎
早水順太
印南新六
という四人の名前に印がつけられている。源太郎につけられた印だけが三角で他の三人は丸の印だった。
「調べましたところ、渋田見様が殺された夜、外出いたしておったのは印をつけました

四人でございます」

勘十郎は冷徹な顔つきで言った。出雲はあらためて書付を眺めた。

「なるほど、刺客に選ばれるとすれば、まずはここらあたりであろうか」

勘十郎はひそかに目付を使って怪しい者の動向を調べていたのだ。その中に新六の名が入っていると知って舌打ちする思いだった。

「印南め裏切りおったか。しかし、萱の印だけが違うのはどういうことだ」

出雲は名前をあらためて見つめながら言った。

「萱は渋田見様の一件以来、旧犬甘派から遠ざかっているようです。どうやら、渋田見様の殺害に加わってはおらぬのではありますまいか」

「ふむ、印南が向こうにつき、萱は離れたというわけか。さすがに萱はかしこい男のようだな」

出雲は何かを考えるふうだった。

「それに比べて印南は愚か者にございます」

勘十郎は嘲るように言った。出雲は笑った。

「まあ、愚か者にもそれなりの使い方はある」

「さようでございまするか」

勘十郎は目を瞠った。出雲は何でもないことのように言った。

「菅のように考える者が出てくれば、皆の足並みが乱れる。それに印南はもともと、わしの手先となっておった。そのことを明らかにすれば、皆、疑心暗鬼となるに違いなかろうが」

「なるほど、さようでございますな」

「旧犬甘派を割るために使うのは菅と印南ということになろう。殿にもさように申し上げよう」

「それでは、彼奴《きやつ》らに鉄槌《てっつい》を食らわせる日は近いのでございますか」

勘十郎は緊張して訊いた。出雲は頭を大きく縦に振った。

「わしが帰国いたしたからには、もはや容赦はせぬ。彼奴ら目を剝いて驚くことになろうぞ」

出雲は低い声で笑い出したが、やがて呵呵大笑《かかたいしょう》した。


小倉城に異変が起きたのは、十一月十六日のことだった。この日は朝から鉛色の雲が空を覆っていた。

時折り霰《あられ》が音を立てて降ってきた。

早朝、寒さに震えながら藩士たちが登城してくると鉄御門《くろがねごもん》が閉まったままだった。登城の時刻には開けられている定めだけに、藩士は大声で門番に呼びかけたが何の応えもなかった。

登城してきた与市も城の門扉が固く閉ざされているのを見て愕然《がくぜん》となった。

「どういうことだ」

訝しく思った与市が犬甘派の同志に呼びかけて探らせると驚くべきことがわかった。この間、忠固によって遠ざけられていた出雲派の重臣たちがまだ未明のうちに呼び集められて城中に入ったというのだ。

「まさか、そんなことがあってなるものか」

与市は憤って門に駆け寄り、どん、どんと叩いた。

「ご開門、ご開門、願わしゅう存じまする」

与市が何度、呼びかけても門の内側から応える者はなかった。やがて小笠原蔵人《くらんど》たち家老も出仕してきたが他の藩士たちとともに門前に立ち尽くすだけで、なす術《すべ》がなく顔を見合わせるばかりだった。

鉄御門は忠固の意に添わぬ藩士たちを締め出して開かれることはなかった。

この日、新六と源太郎は、未明のうちに小笠原出雲から呼び出しを受けて城中へ入っていた。

ようやく空が白み始めたころで、登城する人影もなかった。ところが、城門にさしか

かると篝火《かがりび》が焚かれ、槍や六尺棒を持った足軽たちがあたりを警戒している。城門で新六と出会った源太郎が思わず、

「これはいかなることでしょうか」

と訊くと、新六はゆるゆると頭を振るばかりだった。ふたりが名を告げると、番士の組頭が、お通りあれ、と言った。

気づくと、ふたりの後からもようやく登城する藩士が城門に近づいてきていた。どの男たちも異様なほどに緊張した様子だった。

源太郎と新六は後ろを振り返り、訝しく思いながら城門をくぐった。

その後、城門は閉ざされ、朝になって登城してきた藩士たちは締め出されたのである。すでに城中には出雲派の重臣や藩士たちが出そろっており、門外の騒ぎに、

「旧犬甘派の奴ら、度胆を抜かれておるぞ」

「いまさら、あわてても遅いというものだ」

「渋田見様を暗殺いたした報いを受けさせねばならぬ」

出雲派の藩士たちは詰所で口々に言い合った。

その間にも、反出雲派ともいうべき家老の小宮四郎左衛門始め、伊藤六郎兵衛、小笠原蔵人、二木勘右衛門ら四人の屋敷に上使が遣わされて、家老職からの罷免が言い渡された。

上使はこのほか、小宮たちに連なると見られる用人や番頭《ばんがしら》、物頭《ものがしら》の面々にはことごとく謹慎を申しつけた。出雲は、

――狼藉《ろうぜき》の者あらば召し捕るべし
と命じ、城門を足軽百二十人に守らせた。

上使による突然の言い渡しに驚いた小宮たちは、ただちに騎馬で城門に駆け付けたが、足軽が物々しく警戒しており、門の内から、

「御門は家老小笠原出雲様の指図によって閉じており申す。たとえ、どなたであれ、御出殿は相かないませぬ。それぞれお屋敷にて君命をお守り候《そうら》え」

と大声で言う者があった。

小宮は、歯嚙《はが》みしつつも、やむなく屋敷に戻ることにし、同様に騎馬で駆け付けていた伊藤六郎兵衛と小笠原蔵人、二木勘右衛門に、

「方々、それがしの屋敷にて、今後のことを相談いたしたいが、いかがであろう」

と呼びかけた。六郎兵衛たちは、同意するとすぐさま小宮屋敷へと向かった。

城中の奥まった一室にいた新六と源太郎の耳には城門での騒ぎは聞こえなかった。だが、城中でのざわめきから異常事態になっていることは察しがついた。

待機するように言われたまま、誰も来ないが、それでも廊下をあわただしく通り過ぎ

る小姓たちの会話から城門が閉じられているらしいと知った。

「どうやら、城門を閉じて、反出雲派を締め出したようだ」

源太郎が緊張した表情で言うと、隣に座る新六がやや、うつむいて、

「さようでございますな」

と答えた。新六の落ち着き払った様子に源太郎は苛立《いらだ》った。

「わたしたちが、早朝より召し出されたのは、ご家老にお考えあってのことだろうな」

探るような源太郎の問いかけに新六はさりげなく返事をした。

「それがしには、わかりません。されど、ご家老はわれらを旧犬甘派から切り離されるご所存ではあろうかと思います」

「わたしたちを裏切らせようというのか」

源太郎は眉を曇らせた。すでに城門が閉じられ、旧犬甘派の面々は城から締め出されたようだ。その最中、城中にいれば、出雲派に寝返ったと疑われるに違いない。

新六は淡々と話を続けた。

「菅様はさようなことに煩わされず、吉乃様と千代太殿のことを考えられるべきではありますまいか」

「馬鹿な、武士は忠義のためには一身を捨てねばならぬ。妻子への情に溺れるなどもってのほかだ」

源太郎は頭を振った。しかし、新六はゆるやかに言葉を継いだ。

「さようでございましょうか。武士の忠義は主君の御家を栄えさせるためのものでございますが、わが家を保つ御恩を受けたればこそ、奉公いたすのだと存じます。わが家を捨てては、まことの奉公の道を見失いましょう」

「なんと、主君の御家より、わが家を先に守れと言われるのか」

源太郎は目を見開いた。

「先にとは申しませんが、いまのわが藩のように二派に分かれ、それぞれが自らこそ忠義の者であると言っておるときには、まずわが家を保ち、しかる後、忠義の道を探らねばなりますまい。自らの家を捨てた者に御家へのまことの忠義の心が持てましょうか」

「さて、それは――」

どうであろうか、と源太郎が言おうとしたとき、襖《ふすま》が開いて、裃《かみしも》姿の伊勢勘十郎が入ってきた。勘十郎は傲然とした様子で新六たちの前に座り、

「ご家老はお忙しいゆえ、それがしから、上意を申し伝える」

と告げた。

新六たちが手をつかえ、頭を下げると、勘十郎のひややかな声が響いた。

「その方ら、かねてより、旧犬甘派の者どもと親しく交わり、霧ヶ岳の烽火台に放火したる一件、さらには渋田見主膳殿暗殺の謀議にも加わりし疑いがある。よって、本日よ

り城中に留め置き、評定所にて詮議いたす。罪状のほど明らかとなれば、切腹は免れぬと心得よ」

霧ヶ岳烽火台の放火と渋田見主膳の暗殺をはっきり指摘されて、源太郎は青ざめた。

まさか出雲がこれほど的確に旧犬甘派の動きを把握しているとは思っていなかった。頭を下げている源太郎の額に汗が浮いていた。

新六が不意に体を起こして、勘十郎を見つめた。

「恐れながら申し上げます。ただいまのお疑いの条々はそれがしに向けてのものではございますまいか。菅様は上士の身分であられ、さような荒き所業をなさるとは重臣方も思っておられぬと存じますが」

新六の言葉を聞いて、勘十郎はにやりと笑った。

「ほう、菅殿が上士ゆえ、放火や暗殺はせぬというなら、平侍のその方ならやるかもしれぬということだな。いま、その方が申したことは罪を認めたと思ってよいのか」

新六はしぶとい表情になって、ゆるゆると頭を振った。

「いえ、決してさようではございません。ただ、それがしに疑いがかかるのは、やむをえぬかと存じますが、菅様が詮議の場に出るのは、何かのお間違いではないかと思ったまででございます」

新六の話が終わるや否や、勘十郎は怒鳴りつけた。

「愚か者が何を申すか。上意に異を唱えるとは不届き至極である」

新六は平伏し、源太郎も凍り付いたように体を固くした。ふたりの様子を見定めた勘十郎は不意に表情をやわらげた。

「とは言うものの、印南の申すことももっともだ。ご家老も無暗《むやみ》に疑っておられるわけではない。その証拠にそなたらを城中に召し出して言い渡したのだ。ご家老に敵対いたす輩《やから》や旧犬甘派はことごとく城門から締め出された。ところが、そなたらふたりだけを城中に入れたのはなぜか、わかるか——」

勘十郎はじろりと新六と源太郎の顔を睨《にら》んだ。源太郎が顔をしかめて、

「切腹の沙汰で脅して、われらを裏切らせるご所存かと存じます」

と言った。声がわずかに震えているのを聞いて新六は眉をひそめた。

勘十郎は、くっくっと笑った。

「切腹の沙汰は脅しなどではない。実は評定所ではそなたらの処分はすでに決しておる。家中に波風を立てる妄動は許し難いゆえ、腹を切らせるのだ。されど、わしがかように申しておるのは、ご家老の温情じゃ。さらに言えば、わしも菅殿を罪に問うのは気が進まぬ。なにせ、奥方とは縁があるゆえな」

吉乃と縁があると言い出した勘十郎を源太郎は訝しげに見返した。源太郎が何か言おうとしたとき、機先を制するように新六が口を開いた。

「あれは、御前試合の前でしたな。それがしが素戔嗚神社に武運を祈りに参ったおり、吉乃様もともに祈願をしてくださいました。あのとき伊勢様と境内にてお会いいたしたのでございます。されど、御前試合にて伊勢様と試合いたして怪我を負わせることになるとは、夢にも思いませんでした。伊勢様にもお忘れなきかと存じます」

目を鋭くして新六が見つめると、勘十郎は苦笑した。

「さような出会いであったかな。いささか、違うような気もするが。まあ、たしかに御前試合で印南に痛い目にあわされたことはよく覚えておるぞ」

勘十郎は皮肉な口調で言った後、表情を厳しくした。

「さて、昔話はともかく、これからのことだ。上意はいま申し渡した通りだ。そのうえでご家老のご内意を聞くかどうか。それはそなたらの覚悟しだいだぞ」

「申し訳ござらぬ。これ以上、伊勢殿のお話をうかがってもいたしかたなきことに存じます」

思い詰めた表情で源太郎は言った。

「ほう、さようか」

つめたい笑いを浮かべた勘十郎が立ち上がろうとしたとき、新六が手を上げて制した。

「しばらくお待ちくださいませ」

勘十郎は目に蔑みの色を浮かべた。

「そなたはわしの話を聞くと申すのだな」

「まずは、何をなせばよいかだけをうかがいたく存じます。ただし、そのことを行うかどうかはうかがってからのことでございます」

新六は平然と言ってのけた。

「妙な駆け引きをいたす男だ。話を聞きながら、それをせぬこともあるというのか」

「当然のことと存じます。御家のためになることならできますが、そうでなければ、無理強いされてもできませぬ」

勘十郎は鼻先で嗤《わら》いながら、座りなおして口を開いた。

「されば申そう。ご家老は罷免された小宮四郎左衛門始め、伊藤六郎兵衛、小笠原蔵人、二木勘右衛門ら重臣四人が城下で騒ぎを起こすことを懸念しておられる。それゆえ四人の者どもを領内から退去させたいのだ。四人と面談いたして退去させたならば、もはやそなたらの罪は問わぬとの仰せだ」

新六はうかがうように勘十郎を見た。

「だますおつもりでしょうか」

新六の露骨で容赦のない言い方に勘十郎は目を剝いた。

「だますとは、聞き捨てならぬ。ご家老はさような偽りは申されぬぞ」

「武士に二言無し、と仰せでございますか」

身を乗り出して新六はたしかめるように言った。勘十郎は顔を大きく縦に振り、声を高くして言った。

「いかにもそうだ。かようなご家老の仰せがいかに寛大なものか、そなたらの胸に問えばわかるであろう。渋田見主膳殿が殺された夜、そなたらが屋敷にいなかったことは見当がついておるのだぞ」

新六はうなずいて微笑すると、源太郎に顔を向けた。

「ご家老の命に従うのは、旧犬甘派を裏切るに似ておりますが、小宮様たちが城下にて騒ぎを起こすことは藩のためになりません。すでに殿の命により城門が閉ざされたからには、小宮様たちは、いったんは領内から立ち退き、殿のご親戚筋を頼られて、身の潔白を訴えるしかないのではございますまいか。されば、ご家老の命に従うは裏切りにあらず、御家への忠義かと存じます」

訥々《とつとつ》とした口調で真情を込めて新六は話した。

源太郎はじっと新六を見返した。

「印南殿はそれがしにご家老の命に従えと言われるのか」

「領内から立ち退く話は、それがしから小宮様たちに申し上げてもお聞き入れにならないのは明らかでござる。このことが果たせるのは菅様だけでござる。菅様のお力により、城下で騒ぎが起きることを防げるのです」

「さて、そう言われても」

なおも源太郎はためらう様子を見せた。すると新六は膝を進めた。

「ご家老がそれがしに求めておられるのは、小宮様を説きに参られる萱様の護衛役でありましょう。萱様が決断してくださらねば、それがしも腹を切らねばならなくなり申す。有体《ありてい》に言えば、それがしは死にとうはありませぬので萱様におすがりいたしておるのです」

新六は、お願いいたしまする、と言って源太郎に向かい、手をつかえ頭を下げた。その様子を見た勘十郎が舌打ちした。

「貴様、それほどまでに命が大事か」

ゆっくりと頭を上げた新六は勘十郎に澄んだ視線を向けた。

「大事でござる。それがしの命も萱様の命も、そして伊勢様の命であっても大事だと思っております」

「わしの命も大事だと言うてくれるのは、ありがたいことではあるが、武士たる者の言葉としては未練がましいぞ」

勘十郎はせせら笑った。新六は微笑して答えた。

「さようでございましょうか。武士とはいえども、ひとでございます。未練を生きているのだと思えばこそ、真の思いで命を投げ出す忠義をなせるのだと存じます。命を大事に思わぬ忠義は、ただの蛮勇ではありますまいか」

「口は重宝だ。何とでも言えるからな」

吐き捨てるように言った勘十郎は、源太郎に顔を向けた。

「いかがいたす。印南はやる気になっておる。後は菅殿の決断しだいでござるぞ」

勘十郎に見据えられて、源太郎は大きくため息をついた。目を閉じてしばらく考えた後、瞼《まぶた》を上げた。

「承知仕った。小宮様の説得に赴きましょう。ただし、それがしの罪を問わぬというお話はなかったことにしていただきたい。小宮様たちの説得は藩のためにいたします。わが命惜しさゆえではございませぬから」

勘十郎は破顔一笑した。

「それでこそ、菅源太郎殿だ。まさに小倉藩にとって有用の人材である。印南とは覚悟が違うな」

あてつけるような勘十郎の言葉に新六は何も言わず、ちらりと源太郎の横顔に目を向けた。

小宮たちの説得に赴けば罪を問わないという出雲の話を源太郎が断ったのは、建前を取り繕っただけかもしれない。

源太郎の胸中にあるのは、劣勢に追い込まれた旧犬甘派から脱して生き延びたいとい

う思いなのではないか。しかし、新六は源太郎の真意を問おうとはせず、寂しげな表情になって、

「ようございました」

とつぶやいただけだった。

中庭から陽が射し込み、新六の憂い顔を白く浮かび上がらせていた。

この朝、出雲は最後までふたりの前に姿を現さなかった。

## 十四

源太郎は小宮屋敷を訪れる前、裃から衣服を改めるため屋敷に戻ることを許されて下城した。護衛役の新六が付き添っている。

新六を玄関脇の小部屋で待たせて奥に入った源太郎は座敷で吉乃と向かい合って座り、城中でのことを話した。吉乃は息を呑《の》んだ。

「では、上原与市様始め、旧犬甘派の方々を裏切られるのでございますか」

源太郎はあわてて首を横に振った。

「いま、言った通り、これ以上、城下で騒擾《そうじょう》が起きぬよう、小宮様たちを説きに参るということだ。ご家老に命を助けてもらおうというつもりはない」

自分に言い聞かせるように源太郎は言葉を継いだ。

「さように仰せられましても、もし、旦那様のお話を聞かれて小宮様たちが領外に出られましたなら、ご家老様は旦那様を咎《とが》めたりはなされないでしょう」

吉乃は真剣な表情で訊いた。源太郎はあいまいな面持ちでうなずく。

「そうかもしれぬな」

「そのおりには、たとえお咎めがなくとも、自ら罪を負われるのでございますか」

おずおずと吉乃が訊くと、源太郎はぎょっとした顔になった。武士が自ら罪を負うとは切腹するということにほかならない。

「わたしはご家老から藩のために役立つことを望まれておるのだ。もし、罪を問われなければ、藩士としてご奉公いたすのは当たり前のことではないか」

「かつては、さようには仰せになりませんでした」

悲しげに吉乃が言うと、源太郎は目を怒らせた。

「それでは、わたしが命惜しさにご家老に寝返ったように聞こえるではないか。そなたはわしに腹を切れというのか」

腹立たしげな源太郎の言葉を吉乃は悲しく聞いてうつむいた。いつも清々《すがすが》しい心持ちを抱いていた源太郎の人柄が変わったように感じられる。

なぜ源太郎は変わったのだろう。

もし、自分と千代太のためだとしたら、責めることはできない。名を捨てても妻子のことを考えてくれた思いをひそかに嬉しく、ありがたいと感じるだけだ。

しかし、いまの源太郎には妻子への思いに引かれて同志を裏切ったという苦悩はないようだ。ただ、おのれの正しさを懸命に口にしている。

そのことが却って吉乃には辛かった。源太郎は吉乃を睨みつけていたが、ふと思いなおしたように、

「印南殿は、命が惜しいと伊勢殿にはっきり口にいたしたぞ。そなたはわたしが印南殿のように恥も外聞もなく、命乞いいたした方がよかったと言うのか」

とつぶやいた。

新六が命乞いをした、と聞いて吉乃は愕然とした。

日ごろから地味で目立たぬ新六だが、胸中には常にしんと静まりかえった覚悟を定めていると吉乃は思っていた。

それなのに、よりによって、吉乃に不埒《ふらち》な真似《まね》をした伊勢勘十郎に命を助けてくれとすがるとは信じられなかった。

「新六殿はおのれの命のことだけを言われましたか」

吉乃が確かめるように訊くと、源太郎ははっとした。

「いや、わたしの命も、さらに言えば伊勢殿の命さえ大事だと言うたな」

吉乃は胸が詰まった。

新六の心が胸に沁《し》みるようにわかった。

新六は源太郎の命を助けたいと思い、自らの恥を顧みずに勘十郎に命乞いをしたに違いない。だからこそ、源太郎は面目を失わずに出雲派に寝返ることができたのだ。

「それが新六殿のお覚悟だと存じます」

静かに吉乃が言うと、源太郎は顔をそむけ、何事か考えていたが、やおら立ち上がると、

「もはや行かねばならぬ」

と落ち着いた声で吉乃に告げた。

源太郎が羽織と袴に着替えるのを吉乃は介添えした。玄関に向かうと、裃をとった新六が小部屋から出てきて控えた。

「参りましょうか」

源太郎は新六にうなずいて見せると雪駄《せった》を履いた。新六は神妙な様子で源太郎につき従う。式台に跪《ひざまず》いた吉乃は思わず、新六に声をかけた。

「ご無事にお役目を果たされますよう」

新六は驚いたように目を丸くしたが、すぐにせわしなく顔を縦に振った。

「必ずや、菅様を無事にお戻しいたしますゆえ、ご安心なさいませ」

朴訥《ぼくとつ》な口調で言う新六を見て、吉乃はせつなくなった。

新六を見つめた吉乃は、

「印南様もご無事にてお戻りくださるよう願っております」

と口にしていた。吉乃が名を呼ばず、印南様と呼びかけたのは、この数年ないことだだけに、新六は戸惑いの表情を浮かべた。

源太郎が振り向いて、不機嫌な声を出した。

「急がねばならぬおりに、印南殿を引き留めてなんとするのだ」

叱責されて、吉乃は申し訳ございません、と言いながら頭を下げた。その様子を見て新六は、申し訳なさそうに、

「いや、奥方様にお気遣いいただき、ありがたく存じました。さっそく参りましょう」

と言い添えた。

新六にうながされて源太郎は玄関を出た。新六は源太郎の後を追いながらも門をくぐる際に玄関を振り向いた。

式台で見送っている吉乃に向かって、新六は、

——大丈夫です
と言うようにうなずいて微笑《ほほえ》んで見せた。つられて、吉乃も微笑を浮かべた。

新六は笑顔を見せながら、門をくぐっていった。

吉乃は源太郎と新六を案じつつ、何か大切なものが門から出ていったのだ、という気がした。

それが源太郎か新六なのかよくわからない。吉乃は思いをめぐらしながら式台に座り続けた。

空高く風が舞い、うなり声のような音が響いていた。


小宮屋敷には、二木勘右衛門や小笠原蔵人、伊藤六郎兵衛らが集まり、城門を閉められ、登城もかなわなくなった事態について用人の小笠原鬼角《きかく》らと協議していた。

番頭の小笠原主水《もんど》や高橋十兵衛《たかはしじゅうべえ》ら家中の錚々《そうそう》たる藩士がいくつかの座敷に分かれて詰めており、平侍たちは、その様を見て、

「藩のご重役たちがそろっておられるではないか」

「城はもぬけの殻も同然だ」

「その通りだ。これほどの方々がそろうとは、小笠原出雲様もいまは後悔されているのではないか」

と口々に言い合い、屋敷の門をあわただしく重臣が入ってくるたびにどよめいた。

上原与市や直方円斎、早水順太ら十数人の旧犬甘派の藩士も広間で小宮たちの話し合いが、どのような結論に至るか固唾《かたず》を呑む思いで待ち受けていた。

座敷には焦慮と異様なほどの熱気が漂っている。

順太が苛立った様子で膝を叩いて、

「もはや小宮様たちが、話し始められて一刻《いっとき》（約二時間）は過ぎたぞ。いかにするかまだ決められぬのであろうか」

と独り言ちた《ご》。順太が言うのを聞いて、目を閉じて仏像のように身じろぎもしないでいた方円斎が、薄く笑った。

「家臣が城から締め出されるなど聞いたこともない。小宮様たちが迷われるのも当然であろうな」

与市が順太と方円斎に顔を向けて口を開いた。

「こうなったからには、皆で城へ押しかけ、城門を打ち破り、小笠原出雲を生け捕りにしたうえで若君儔次郎《ちゆうじろう》様を主君に押し立てるしかあるまい」

城に攻め寄せようという激しい意見を聞いて、さすがにまわりの者たちも顔をしかめた。方円斎が苦笑いして言った。

「古来、城攻めには城に籠る兵に十倍する兵力がいると申す。われらの手勢だけでは城門を破ることなどできますまい」

わかりきったことだという顔で方円斎は与市を見つめた。自らの意見がにべもなく否定されたことで、与市は苦り切った。なおも与市が言いつのろうとしたとき、順太が口をはさんだ。

「われらはかように城に入れずにおるが、菅殿と印南が今朝早くに登城するのを見た者がおるそうだ。まことであろうか」

与市は驚いて目を剝いた。

「まことか」

順太は目を据えてうなずいた。方円斎は腕組みをして首をかしげた。

「印南殿はともかく、菅殿が出雲派に寝返ったとなると痛《いと》うござるな」

与市は目を怒らせて立ち上がった。

「許せぬ。このことを小宮様に申し上げ、出雲を討つ前に、菅と印南を血祭にあげてくれる」

このとき、縁側の方から、

「菅殿が見えられたぞ。印南も一緒だ」

という声がした。与市は目を鋭くして縁側に出た。

源太郎は新六を従え、緊張のためか青ざめた面持ちで縁側を進んだ。奥に向かおうとする源太郎の前に立ちふさがった与市は、声を低くして訊いた。

「菅殿、どこに行かれるのでございますか」

源太郎は唇を舌で湿してから答えた。

「小宮様に進言いたしたきことがあって参った」

与市は首をひねった。

「菅殿は今朝、登城がかなったと聞いておりますぞ。われら旧犬甘派の者たちは皆、城門を閉められ、城に入れなかったというのに、菅殿が入れたのはいかなるわけでございましょうか」

「藩士が登城するのに、わけなどはありますまい。それがしは、藩の行く末を案じ、なすべきことをなすまででござる」

「つまりは出雲派の走狗《そうく》になられたということではございませぬかな」

鋭く言う与市の背後に方円斎と順太が立った。

「無礼な。わたしは出雲様から罪を咎めぬと言われたが、辞退して参った。走狗などと言われる覚えはない」

源太郎が言い切ると与市は新六に顔を向けた。

「菅殿はかように言われるが、実のところはどうなのだ」

与市のひややかな問いかけに新六はうなずいて見せた。

「菅様の言われたことにいささかも間違いはございません。城下での騒擾が起きぬように動かれているのです」

与市と方円斎、順太は顔を見合わせた。方円斎がふたりに目くばせをしてから前へ出てきた。

「信じられぬ」

方円斎はぽつりと言うと、脇差の柄にそろりと手をかけた。それを見て、新六は前に出ると手にした大刀を示して見せた。

武士が他家を訪問する際、玄関脇の刀掛部屋で刀を預けるのが礼儀だった。方円斎たちも大刀を預け、源太郎も脇差だけだった。しかし、新六は大刀を手にして上がってきたのだ。方円斎は表情を変えなかった。

「無礼を承知で刀を携えて参ったのは、菅殿を護衛いたすためか」

方円斎は鋭い視線を新六に向ける。順太も脇差に手をかけ、腰を落としていつでも抜き打ちに斬りつけることができる姿勢をとった。

源太郎は息を呑んだ。新六は携えた大刀をわずかに身に引き寄せながら、

「直様、ここで斬り合えば大刀を持つ、それがしの方が有利であることはおわかりのはず」

と低い声で言った。

「そうとは限らぬ」

方円斎が笑うとともに、殺気が走った。まわりの部屋にいた藩士たちが縁側での異様

な緊張に気づいて出てきた。

ひとのざわめきを聞いて、縁側の奥の小宮たちがいる部屋から用人の小笠原鬼角が出てきて、

「何事だ。小宮様との話し合いをしておるというのに、うるさいではないか。騒ぎ立ててはならん」

と叱責した。鬼角は三十歳すぎでがっしりとした体つきの男だ。小宮四郎左衛門の懐刀などと言われている。

与市が鬼角に近寄った。

「菅源太郎殿が小宮様に進言仕りたいと言われるのですが、出雲の意を受けてのことかもしれませんので、質《ただ》しておりました」

鬼角はゆっくりと縁側に出てきた。

「出雲の使いとは、面白いな」

鬼角はじろりと源太郎を睨んだ。源太郎は蒼白《そうはく》になりながらも、

「ご家老の使いというわけではございません。それがしはご家老の内意を知りましたが、それが御城下で騒ぎを起こさぬようにするためには、何よりではないかと思い、自らの思い立ちにて参ったしだいでございます」

と力を込めて述べた。

まわりの藩士たちは静まり返った。

「それを世間では使いと申すのだ」

鬼角は嗤って、それで、出雲はどうしろと言っておるのだ、と源太郎に訊いた。

源太郎は皆が聞いている前で口にすべきかどうか迷ったが、ひと呼吸置いて思い切ったように言った。

「このままでは城下での騒擾となり、幕府への聞こえもいかがかと存じます。されば、小宮様始め、二木様、小笠原様、伊藤様には領内から立ち退かれ、御家の親戚筋を頼られて身の証を立てられるべきかと存じます」

「藩領から立ち退けというのか」

鬼角が驚いたようにつぶやくと、まわりの藩士たちからは、

「何ということだ。またしても出雲様の謀《はかりごと》だぞ」

「邪魔な者を追い払おうというのだ」

「ひとたび、藩領を出ればもはや帰ることは許されまい」

と口々に非難する声があがった。その声に押されるように与市が顔を紅潮させて源太郎に詰め寄った。

「菅殿、よくもさような妄言を申されたな。まさに出雲の走狗となり、御家を危うくする策でございますぞ」

源太郎は額に汗を滲ませ、さようなことはない、と言ったが、藩士たちの憤りの声にかき消された。すると、鬼角が手を上げて言い放った。

「静まれ――、わしから菅に伝えることがある」

皆が口を閉ざすのを待って、鬼角は源太郎に向かい合った。

「そなた、出雲の使いではなく、自らの考えで参ったと申すのはまことか」

「嘘偽《うそ》りではございません」

必死の面持ちで源太郎が言うと、鬼角は新六に目を向けた。

「ならば、供の者に大刀を持たせて屋敷に上がりこむとはいかがな所存じゃ。出雲の意を受けて小宮様を害そうといたしおるのではないか」

鬼角が厳しい声で詰問すると、やおら縁側に跪いた新六が、大刀を前に差し出した。

「無礼の段、お許しください。それがしは菅様が進言されるのをお助けいたしたいと思うたまででございます。ただいま、小笠原様が菅様の進言をお聞きになられたからには、それがしのすべきことは果たせたと存じます」

鬼角は新六に近づき、差し出された大刀を手にした。

「よい覚悟だ。その方に免じて、菅を小宮様に引き合わせよう。ただし、そなたは話が終わるまで、人質といたすが、それでよいか」

「ご存分になされてくださいませ」

新六は手をつかえて頭を下げた。与市が眉をひそめて口を開いた。

「菅殿の進言を小宮様にお聞かせするのでございますか。それではみすみす出雲の策にのせられてしまいますぞ」

「たとえ、策であろうと、出雲がどのような考えでおるかは知っておいた方がいい。敵を知りおのれを知れば百戦危うからずだ」

鬼角は嘯《うそぶ》いて、源太郎に奥へ通るよう目でうながした。鬼角は方円斎と順太に声をかけた。

「その方ら、その男を見張っておれ。大事な人質だ。逃がしてはならぬぞ」

「承りましてございます」

方円斎と順太が頭を下げると鬼角は肩をゆすって笑い、源太郎とともに奥へと向かった。

源太郎の背を見送る新六に与市が声をかけた。

「どうやら重臣方の駆け引きが始まるようだ。お主は出雲派と旧犬甘派の間でうまく立ち回っているつもりだろうが、やがてどちらからも相手にされなくなるぞ」

新六は微笑を浮かべた。

「それがしは、小宮様たちに菅様の進言を聞いていただければ十分でござる」

皮肉な顔つきで方円斎が言った。

「さて、そのようなことだけで、すむであろうかな。いまやわが藩はご重役たちが真っ二つに割れておる。藩士ひとりひとりは、強風に飛ばされる木の葉のようなものだ。いずこへ飛んで参るかわからぬぞ」

方円斎の言葉を聞いてまわりにいた藩士たちは一様に暗い顔になった。どこへ吹き飛ばされるかわからない、という不安はそれぞれの胸にあったのだ。

新六は座ったまま、目を閉じた。

このまま源太郎を待つつもりだった。

使命を果たした源太郎を送り届ければ吉乃が喜ぶに違いないと思った。それで自分は十分に幸せなのだ、と新六は明るい気持になっていた。

十五

源太郎が奥座敷に入ると、小宮四郎左衛門と伊藤六郎兵衛、小笠原蔵人、二木勘右衛門が難しい顔で話していた。

それぞれ、小倉藩で千石から千五百石の禄高《ろくだか》の重臣たちだ。源太郎にとっては日ごろ、口をきいたこともない相手ばかりだった。

小宮たちはいきなり現れた源太郎に訝しげな目を向けた。続いて部屋に入ってきた鬼角が、座るなり、

「菅源太郎が進言いたしたいそうでござる。おのれの考えだということですが、それがしが見たところ、出雲からの内々の使者でござろう。出雲が何を考えているのか知るには、ちょうどよいと思うて、方々の前に出ることを許し申した」

と話した。四角張った顔で目が細く、鼻が大きい小宮四郎左衛門は、うう、とのどの奥でうなり声をあげてほかの三人を見た。四郎左衛門はこの座で一番年かさの六十歳だ。伊藤六郎兵衛が源太郎を胡散臭《うさんくさ》げに見た。まだ三十歳で色白のととのった顔立ちだった。四郎左衛門が引退すれば派閥を引き継ぐのは六郎兵衛だと見られていた。

「進言があるというのか。ならば、話してみるがよい」

まだ二十六歳で家老たちの中でもっとも若いだけに権高な小笠原蔵人が疑《うたぐ》り深い目を源太郎に向けて、吐き捨てるように言った。

「どうせ、出雲がわれらをたぶらかそうといたしておるのだろう」

二木勘右衛門が蔵人に同調するかのようにつぶやいた。六郎兵衛より二歳年上の三十二歳だ。年齢よりは老成しているが、それだけにおとなしく、温厚で鋭さには欠けている。

「藩にもめ事が起きたのを幸いに、おのれを売り込もうというのであろう。さもしい振

舞いだ。菅がさような野心を持っておるとは知らなかった」

源太郎は四人の冷たい視線にさらされながら、手をつかえた。

「恐れながら申し上げます。ご家老の小笠原出雲様には皆様が藩領から退去されることを望んでおられます。伊勢勘十郎殿より、このことを伝え聞きました。それがしは旧犬甘派にて、もとより、出雲様に与《くみ》するものではございません。されど、このままではご家老に与する者と反する者の間で騒擾が起きるかと存じます。小宮様始めご重職の皆様が藩領を出られ、御家の親戚筋を頼られて殿へのとりなしをお頼みになられてこそ、正義が行われるのではありますまいか」

真剣な口調で源太郎が言うのを小宮たちは無表情に聞いていた。やがて、四郎左衛門が、ごほん、と咳払《せきばら》いをした。

「なるほど、申すことは一応、もっともじゃな」

四郎左衛門はうなるように言った。六郎兵衛があごをなでながら、言い添えた。

「まあ、心底《しんてい》のほどはわからんがな」

蔵人が、くっくっと笑った。

「心底は知れておる。われらに進言をいたして出雲に認められようという腹じゃ。われらが藩領を出た後、用いられるのはこの男だ」

勘右衛門は不機嫌な表情になって蔵人を睨んだ。

「さような悠長なことを言われていると、出雲めにしてやられまするぞ。ここが肝心なところと心得ねばなりますまい」

鬼角が苦笑して膝を乗り出した。

「お歴々がさようにお怒りなされるほどのことではございませんぞ。出雲は城門を閉めてわれらを城に入れぬようにしたものの、これからどうするか、窮しておるのです。まずは菅の進言をどうされるか、決めていただかねばなりません」

六郎兵衛と勘右衛門、蔵人が顔をしかめて黙り込むと、四郎左衛門があっさりと言ってのけた。

「菅の進言は聞き届けた。なるほど一理ある。われらは藩領を出ることにしよう」

六郎兵衛たちは、あっと息を呑んだ。

「それは、あまりに短慮ではございませんか」

「もっとお考えになられたほうがよいのでは」

「われらすぐには同意いたしかねますぞ」

口々に言い募る重役たちに目もくれず、四郎左衛門は、にこやかな笑みを浮かべて、

「さっそく城に戻り、出雲殿にさように伝えてくれ。われらは騒動を起こすつもりはない、とな」

と告げた。四郎左衛門の言葉を聞いて、源太郎は手をつかえた。

「お聞き届けくださり、ありがたく存じます。これにて小倉藩は救われてございます」

頭を下げ、感激した面持ちで言う源太郎を鬼角がひややかな目で見ている。四郎左衛門は源太郎から、顔をそむけ、

「さっさと城へ戻って、わしの返事を出雲に伝えよ。そのうえでここに戻って参れ。出雲がどう出るか知りたい」

と言った。源太郎が急いで座敷を出ると、鬼角が音もたてずにつき添ってきた。縁側を進む源太郎に鬼角は低い声で告げた。

「進言が聞き届けられてよかったな。しかし、小宮様は甘いお方ではない。思い通りになったと己惚《うぬぼ》れぬがよいぞ」

源太郎は振り向いて、鬼角の目を見つつ答えた。

「もとより、たやすいこととは思うておりません。されど、このままでは同じ家中の者同士で骨肉相食《は》むことになりましょう」

「すでに血は流れておる。渋田見主膳を殺めたのは旧犬甘派ではないか。もはや、きれいごとではすまぬのだ」

鬼角は厳しい表情で言うと、縁側で方円斎たちに取り囲まれながら座って待っている新六に目を向けた。

「そなたが城へ戻って出雲に報告して後、話がどう転ぶかわからん。それゆえ、あの男

はまだ人質にとっておくぞ」

新六をなおも人質にすると言われて、源太郎はぎょっとした。

「それは――」

鬼角は源太郎の目をのぞき込むようにしてにやりと笑った。

「そなた、口ではいろいろ言うても、まことはおのれが助かりたい一心であろう。ならば、友のひとりやふたりを見捨てる覚悟はいたしたがよいぞ」

「印南新六殿をそれがしの友と言われまするか」

源太郎は複雑な表情になった。鬼角はちらりと源太郎の顔を見た。

「そなたが使命を果たすために、あの男は命も投げ出す覚悟を決めているようじゃ。それゆえ、友かと思うたが、違うのか。では、あ奴、誰のために懸命になっているのであろうか」

鬼角はそれ以上のことを言わず、ゆっくりと新六に近づいた。

鬼角が新六の前に立つと新六は閉じていた瞼を上げた。源太郎の顔色を見て、進言が聞き届けられたと察して、

「ようございました」

とつぶやいた。鬼角は新六を憐れむように、

「菅源太郎の進言を小宮様は聞き入れられた。しかし、菅が城に戻っておる間、その方はなおも人質になってもらうぞ」

「もとより、承知いたしております」

新六は平然と答えた。鬼角は嘲るように新六を見た。

「わしが菅の立場なら城に入ったからには、もはやここには戻ってこぬかもしれぬな」

「あなたさまならば、さようでございましょう」

「菅は違うと申すか」

鬼角が重ねて訊いても、新六は答えようとはしなかった。源太郎が片膝をついて、

「印南殿、申し訳ない。ご家老に首尾をお報《しら》せいたして参る。さすれば、家中での争いは避けられます。それまでのご辛抱でござる」

と告げると、新六は嬉しそうに顔をほころばせた。

「まことに、菅様のお働きがあってのことでございます」

疑念なく喜ぶ新六から目をそらせて立ち上がった源太郎は、

「方々、失礼いたす」

と頭を下げて玄関へと向かった。部屋に詰めている藩士たちは、源太郎の背を不安と猜疑《さいぎ》に満ちた目で見送った。

城中では出雲と勘十郎が一室で話していた。

「菅は小宮たちを説得できるであろうかな」

出雲に訊かれて勘十郎は首をひねった。

「さて、どうでございましょうか。一応、話は聞くと存じますが、まずはこちらの出方を探るだけでございましょう」

ふむ、とうなずいて出雲は考え込んだ。城門を閉めて反対派を追い出したまではよかったが、後の対応に苦慮しているのだ、と察した勘十郎は、

「いかがでございましょうか。菅だけでは役に立ちますまい。印南を使《つこ》うてみるのも手かと存じますが」

「印南を使うだと、いかようにするのだ」

「小宮様たち四人の重臣の方々への刺客といたします。すでに印南を小宮屋敷に送り込んだのです。あ奴がその気になれば小宮様たちを殺めるのはできないことではありませぬぞ」

「さて、そう思惑通りにいくかな」

出雲は眉間にしわを寄せた。藩主忠固の裁断を仰ぎ、反する者に断固たる処分を行ったが、追い詰められた者たちが、どう反撃に出てくるかは気になる。

もし、家中での騒擾が大きくなれば、幕府に知られて藩のお取りつぶしということに

もなりかねない。そうなっては、元も子もないだけに、慎重に事を運ばねばならない、と思っていた。

「しかし、すでにかような騒動になっているのだ。刺客を放つにしても大義名分がいるな」

「それは造作もないことでございます。菅が小宮様たちに会い、藩領から出る話をいたしたならば、これは脱藩の謀議でございます。討手を差し向けて当然ではありませぬか」

勘十郎はにやりと笑った。出雲は眉をひそめて、

「しかし、小宮たちに藩領から立ち退くように言ったのはわしだぞ。それなのに脱藩の罪に問えるであろうか」

とつぶやいた。勘十郎は身を乗り出して話を続けた。

「そこでございますが、ご家老は菅に直《じか》に小宮様たちを立ち退かせる話はされておりません。さようなことは命じておらぬとご家老が仰せになれば、何の証拠もないのでござる」

勘十郎はにやりと笑った。出雲はさすがに苦い顔になった。

「菅にすべてを押し付けるのか。それはいささか、悪辣に過ぎるのではあるまいか」

「菅も、ご家老の命によって行うのではない、自らの思い立ちだと申しておりましょう。

されば、菅と小宮様たちが脱藩をたくらんだということになります」

「菅も脱藩をたくらんだ一味だということにするのか、そなたは思いのほか悪人だな。よくもさような策を思いつくものだ」

出雲が苦笑すると、勘十郎はここぞとばかりに力を込めて話した。

「何を仰せになられますか。ご家老はかつて犬甘兵庫に追い落とされ苦境に立たされたことをお忘れでございますか。戦いは何としても勝たねばなりませぬ」

頭を横に振って、勘十郎の言葉をはねつけるように出雲は言った。

「わしはさような私怨で動いておるわけではない。藩のためにすべてを行っているつもりだ、ということを忘れるな。敵味方を問わず、菅源太郎のような藩のためになる者は生かして用いていこうと思っておる」

出雲に手厳しく言われても、勘十郎は平気な顔で答えた。

「菅には菅の思いがあって、此度《こたび》の話にのり、小宮様たちの説得に赴いたのでございます。何の遠慮がいりましょうか。さらに申せば、印南を刺客として使うには仕掛けがいると存じます」

「仕掛けだと?」

「どうやら印南は菅の妻女と因縁浅からぬ様子でございます。されば、菅の罪を問うて城中に幽閉いたし、その後、妻女を人質にとって、印南に刺客を命じるのでございます。

さすれば、あの男は動きましょう」

勘十郎は確信ありげに言った。

「家臣の妻を人質にいたすなど、外聞が悪い。殿がお許しにはなられまい」

出雲は顔をしかめた。しかし、勘十郎はためらいもなく言い募った。

「菅の妻を人質にいたすのは隠密裏に行います。たとえば、それがしの屋敷に連れて参ればいいかがかと存じます。そのうえで、それがしから印南に刺客の命を伝えまする。印南は嫌も応もございますまい」

うーむ、とうなって出雲はしばらく考えたが、やがて膝を叩いた。

「これは難しきことじゃ。いかようにすればよいか、わしにもわからぬ。よって、そなたの思う通りにやってみよ」

はっ、かしこまりました、と勘十郎は手をつかえて頭を下げた。すると、出雲はかぶせるように、

「しくじったならば、その責めはすべてそなたが負わねばならぬぞ」

とひややかな口調で言い添えた。

勘十郎は苦笑したが、何も言わなかった。

# 十六

源太郎は城に戻り、小宮たちを説得したことを報告するつもりだった。しかし、黒書院に通された源太郎の前に出雲はなかなか出てこようとしなかった。

（このままでは、小宮様たちとの間で取り返しがつかない事態になる）

懸念した源太郎が小姓を通じて、出雲に面会を願い出たのは、一刻《いっとき》（約二時間）が過ぎてからのことだ。

すでに夕刻になっていた。出雲は迷惑そうに顔をしかめて、源太郎が待つ控えの間に現れると、

「菅、何事じゃ。わしは御用で忙しいのだぞ」

とつめたく言った。源太郎はぎょっとした。小宮たちのもとへは、出雲の命によって行ったはずだ。

「恐れながら、それがし、ご家老様の命により小宮様に藩領を出るよう、うながしに参ってございます」

源太郎は額に冷や汗を浮かべて言った。出雲は怪訝《けげん》そうな顔をした。

「知らんな。どういうことだ」

「伊勢勘十郎殿より、ご家老の命を伝えられ、小宮様のお屋敷に伺い、先ほど城に戻りましてございます」

懸命に訴える源太郎の顔から出雲は目をそむけた。

「伊勢め、何を勘違いいたしたものであろうか」

「そ、そのような」

源太郎は膝を乗り出した。出雲は突き放すような厳しい視線を向けながら、

「藩領を出よ、と申したなら、小宮は何と言ったのだ」

と訊《き》いた。

「小宮様は城下を騒がすのは本意ではない、藩領を出ると仰せになられました」

「ほう、そうか」

出雲はあっさりうなずくと、それでは小宮たちは脱藩をいたすというのだな、とつぶやいた。源太郎は蒼白《そうはく》になった。

「何と仰せになられますか。小宮様は藩内の争いを避けるため、ご家老の勧めに従って、藩領を出られるのです。脱藩などではございません」

「小宮たちは藩領を出てどうするのだ」

「御家のご親戚筋を頼られ、殿へのお取りなしを頼まれてはいかがか、とそれがしは申し上げました。おそらく、さようにされるのではないかと存じます」

源太郎は言葉を選びつつ言った。しかし、出雲の答えは無慈悲なものだった。

「ご親戚筋に訴え出て、殿の政《まつりごと》に口を挟ませようとは、謀反《むほん》ともいうべき慮外な振舞いではないか。そのような狙いで藩領を出るなら、まさに脱藩と申さねばならぬ。討手を出すほかかないな」

源太郎は出雲にとりすがらんばかりにして訴えた。しかし、出雲は立ち上がり、

「お主は自らがしたことがわかっておらぬようだな。小宮たちに脱藩とご親戚筋に訴え出ることを勧めたのだぞ。いわば、彼奴《きゃつ》らと同罪である」

と鋭く言い放った。出雲は、声を高くして、

——誰かある
とひとを呼んだ。

「御用でございましょうか」

応じる声がした。隣りの間の襖《ふすま》が開くと、屈強そうな藩士五人が控えていた。

源太郎は、犬甘《いぬかい》兵庫を失脚させるために出雲が用意周到であったのを思い出した。出雲は源太郎をどうするかをあらかじめ決めておき、手配りしていたに違いない。

小宮たちを脱藩の罪で処刑して、一気に反対派を屠《ほふ》るために自分を利用したのだ、と源太郎は悟った。

そうとも知らず、うかうかと小宮たちを説得した迂闊《うかつ》さが悔やまれた。いまも小宮屋

敷で人質になっている新六にも申し訳がなかった。

「ご家老、謀られましたな」

源太郎は悔しげにうめいた。出雲は部屋を出ていこうとしながら、ゆっくりと振り向いた。

「謀ったなどと、人聞きの悪いことを申すな。おとなしくしておれば、そなたのことは考えてやる。うろたえて、わしを敵に回さぬ方がよいぞ」

出雲は源太郎に一瞥《いちべつ》をくれて部屋から出ていった。源太郎は唇を嚙《か》んで出雲の後ろ姿を見送るしかなかった。

小宮屋敷では四郎左衛門たちが、源太郎の戻るのを待ちつつ、相談を続けていた。だが、いっこうに源太郎が戻ってこないことに六郎兵衛がしびれを切らした。

「遅い。あやつ、戻らぬつもりではないのか」

勘右衛門が応じて、吠《ほ》えるように言った。

「信じたのが間違いであった。あ奴はこの屋敷に詰めている人数と備えを知るために出雲が送り込んだ間者《かんじゃ》だったのやもしれんぞ」

「そうかもしれぬな」

四郎左衛門が腕を組んで考え込むと鬼角が膝を乗り出した。

「上原与市をこの場に呼び、意見を聞いてはいかがでしょうか。もともと菅源太郎は旧犬甘派にて上原はよく存じておるはずでございます」

鬼角の言葉に四郎左衛門はうなずいた。

「上原を呼べ」

鬼角は立ち上がると部屋を出て、与市たちが詰めている座敷に向かった。鬼角は縁側に立ち、与市に声をかけた。

「小宮様がお呼びである」

与市は顔を輝かせて喜んだ。

「それがしでお役に立ちますことなら、なんなりといたしまする」

鬼角は与市をうながして四郎左衛門たちの部屋に連れていこうとしたが、ふと座敷の隅で方円斎と順太に囲まれるようにして座っている新六に目を止めた。

新六は無腰となっているが、方円斎たちは刀掛部屋から刀を持ち出し、脇差を腰に大刀は傍《かたわ》らに置いている。

逃げる素振りを見せれば一刀に斬り捨てようという構えだ。端座した新六は目を閉じて微動だにしない。鬼角は縁側に立ったまま声をかけた。

「印南《いんなみ》新六よ、菅源太郎は戻らぬぞ。どうやらその方は裏切られたようだな」

新六はゆっくりと目を開けて鬼角を見据え、微笑を浮かべたが何も言わない。鬼角に

続くために立ち上がった与市はそんな新六に苛立《いらだ》ったのか、

「御用人様、かような愚物にかまっておる閑《ひま》はありませんぞ」

と吐き捨てるように言った。

鬼角は与市に皮肉な笑みを向けた。

「誰が、まことの愚物なのかは、今起きている騒動が収まってからしかわからぬかもしれぬぞ」

さりげなく言った鬼角は与市をうながして歩き出した。

与市が部屋から出ていくのを見ながら、方円斎はつぶやいた。

「どうやら、菅殿の仲介は徒労に終わりそうだな」

順太が目を鋭くして訊いた。

「さようでございましょうか」

方円斎はうなずく。

「菅源太郎はおそらく戻ってはこないだろう。小笠原出雲の駆け引きの道具にされたのだ。そういうことであれば小宮様たちも、もはや引っ込みがつかぬ」

「では、どうなりましょうか」

「血の雨が降るであろうな」

藩を二分した死闘が始まる、と方円斎は予言するかのように言った。すると、新六が悲しげに言った。

「まことに愚かなことでございます。双方とも、御家のためと口にしながら、なしているのは御家のためにならぬことばかりです」

方円斎はじろりと新六を見た。

「されど、それがひとの真の姿と申すものではないのかな。ひとは争うことが好きなのであろう」

方円斎の突き放すような言葉に新六は眉をひそめた。

「いまの世はそうかもしれませんが、いずれ、ひとが争わずにすむ世が訪れるのではありますまいか」

方円斎は新六から目をそむけた。

「夢物語だな」

新六は大きくため息をついた。

このころ、吉乃のもとに兄の秀五郎が訪ねて来ていた。

源太郎と新六が小宮屋敷に向かった後、屋敷の前をあわただしく走る数人の足音が響き、あわただしく何事か言い合う人の声がした。しかし、城中で何が起きているかはわからず、不安な気持でいた吉乃は、秀五郎が来てくれたことを喜んだ。秀五郎は下城して屋敷に戻る途中らしく裃《かみしも》姿だった。

小柄な秀五郎は父に似たおっとりとした顔だったが、この日ばかりは緊張して強張っている。玄関先で話すだけで奥へは上がらないと言った兄は声を低めて、

「源太郎殿は城中で幽閉されたぞ」

と告げた。吉乃は目を瞠《みは》った。

「なぜでございましょうか。旦那様は城下で騒ぎが起きないように、小宮様を説得に行かれたのでございます」

秀五郎は顔をしかめた。

「詳しい事情はわからんのだ。ただ、いずれにしても源太郎殿は失策を犯したのであろう。ご家老の小笠原様は大変、お怒りらしい」

「旦那様はご家老様のお言いつけに従ったまでなのです」

吉乃は懸命になって言った。だが、秀五郎は頭を横に振った。

「いまのわが藩は、藩士が真っ二つに割れておる。かようなときには、何が起きるかわからぬものだ。理屈を言うてもしかたがない。浮かび上がる者は浮かび上がるし、沈む者は沈むのだ」

厳しい秀五郎の言葉に、吉乃はうなだれるしかなかったが、ふと思いついて訊いた。

「新六殿は旦那様同様に囚《とら》われているのでございましょうか」

秀五郎は新六の名を出されて、憮然《ぶぜん》とした顔になった。

「印南殿は源太郎殿とともに小宮屋敷に入ったが、それきり出てこぬそうだ。小宮様に一味いたしたのかもしれぬ」

「さようなことはありませぬ。新六殿は旦那様を助けようとしてくださっているのです」

ほう、そうなのか、と言いながら、秀五郎は吉乃を訝《いぶか》しそうに見つめた。

「源太郎が危急のときなのだぞ。それなのに、なぜ印南殿のことを気にかけるのだ」

「新六殿にはこれまでも何度か旦那様を助けていただいております。わたくしからお力を貸していただきたいとお願いしたこともございますので」

吉乃は目を伏せて言った。秀五郎は苦い顔をして吉乃を見た。

「印南殿に源太郎殿を助けるよう頼み事をいたしたのか」

吉乃が黙ってうなずくと、秀五郎はため息をついて言った。

「それは、印南殿にとって、むごいことではあるまいか」

「むごい？」

吉乃ははっとして秀五郎の顔を見た。秀五郎は大きく顔を縦に振った。

「そなたと印南殿の間に縁談が起きたときのことをわしは覚えている。印南殿はまことに嬉《うれ》しげであった。わしは、印南殿がそなたに懸想していたのを察しておったから、縁組はまことにめでたいことだ、と思っておった」

「兄上は新六殿との縁談をご存じだったのでございますか」

「知っておったとも。だからこそ、ひそかに喜んでいた。しかし、御前試合で印南殿が伊勢様を破り、怪我《けが》をさせたことで縁談はつぶれた。そこでそなたと印南殿の縁は切れたのだ」

「はい、さように存じます」

「それなのに、源太郎殿を助けるよう、印南殿に頼むとは何事だ。印南殿の心の中にはいまもそなたへの想《おも》いが残っているやもしれぬ。そなたのしたことは、印南殿の想いを利用したことになるのだぞ」

秀五郎は厳しい目で吉乃を見た。吉乃はあらためて自分が新六に甘えていた、と覚《さと》った。

冷静に考えてみれば、新六に頼み事をするなど、どうしてできたのかと思う。考えてみれば、新六は最も頼りにしてはならない相手だった。

「兄上、わたくしは新六殿に申し訳のないことをいたしたようでございます」

「そうだ。しかも、源太郎殿と印南殿は城中と小宮屋敷からそれぞれ脱《ぬ》け出せなくなったようだ。そなたは源太郎と印南殿のいずれが脱出して戻ってくることを願っているのだ」

「わたくしは旦那様の妻でございますれば」

「やはり、源太郎殿か。だが、そこで印南殿は見捨てられるのだ。これでも、むごいとは思わないのか」

吉乃はうつむいて何も言えなかった。自分が新六にしたことは心無いことだったのかもしれない、という悔いが湧いていた。

小宮四郎左衛門に意見を聞かれた与市は、

「もはや、決断のときでございますぞ」

と声を高くして述べた。四郎左衛門がじろりと与市の顔を見た。

「されば、どうせよ、と言うのだ」

与市は四郎左衛門たちを見回した。

「皆様は菅源太郎の口車に乗り、藩領を出ると告げられました。おそらく出雲は皆様を脱藩者として罪を問うでありましょう」

六郎兵衛が憤慨した。

「われらは脱藩など、もとよりしようとは思っておらぬ。ご親戚筋に陳情をいたした後、帰ってくるのだ」

与市は冷徹に言葉を返した。

「いくらさように仰せられましても、藩庁の許可なく他国へ出ることは脱藩であろうかと存じます。出雲がそこを突いてくるは必定でございます。それゆえ、非常の策をとらねばなりません」

四郎左衛門がにやりと笑った。

「非常の策か。面白い、言うてみろ」

「小宮様方だけで他国へ出ては脱藩と言われましょう。そう言わせぬために、われら志を同じくする者たち、さらにはそれぞれの従者まで含めてこぞって出るのでございます。おそらく総勢数百人になりましょう」

与市の言葉に一座の者たちはぎょっとした。鬼角が目を鋭くして口を開いた。

「それだけの人数が動くとなれば、脱藩どころの騒ぎではない。もはや、乱を起こすのと同様だぞ」

与市は大きく顔を縦に振って鬼角を見た。

「さようにございます。これは出雲との戦《いくさ》です。向こうは姑息《こそく》な罠を仕掛け、小宮様始め、御一同様を脱藩の罪に問おうとしております。その非を力によって堂々と糾弾いたすしか、われらの道はないかと存じます」

きっぱりとした与市の言葉に皆は静まり返った。しばらくして、鬼角が四郎左衛門の顔を見て言葉を発した。

「やむを得ぬかもしれませぬな」

四郎左衛門はゆっくりと皆を見回した。

「望まぬことだが、このまま出雲の仕掛けた罠《わな》に落ちるわけにはいかぬ」

六郎兵衛が、いかにも、とつぶやくと蔵人《くらんど》が青ざめた顔で言った。

「もはや、後へは退けませんぞ」

勘右衛門は苦しげな表情になりながらも、

「やむなし」

と言い切った。与市は手をつかえて頭を下げ、

「ようこそ、ご決断くださいました」

と目に涙を浮かべて言った。四郎左衛門はじっと与市を睨《にら》んでいたが、やがて吹っ切るように、

「いつ、出雲の手が伸びるかわからぬ。さっそく支度をいたせ」

と命じた。与市は立ち上がると、縁側に出て、それぞれの部屋で待機する藩士たちに向かって、

「これより、正義が行われることとなった。いったん、一同うちそろって国を出て御家に巣食う悪人ばらを退治いたすぞ」

と大声で言い放った。それを聞いた藩士たちはどよめき、与市の興奮が乗り移ったか

のように喚声をあげた。

小宮屋敷では、さっそく出国の支度が始まり、ひとを集める使いの者が藩士たちの屋敷に向かって相次いで走り出ていった。

## 十七

四郎左衛門の屋敷で異様な動きが始まったという報《しら》せはすぐに城中に届いた。

どうやら四郎左衛門が出国の支度を始めたらしいが、同行する者が多人数におよびそうな気配があるという。

「小宮め、何を企《たくら》んでおるのだ」

御用部屋で目付方の報告を受けた出雲は眉をひそめると、すぐに勘十郎を呼ばせた。

しかし、あわただしく戻ってきた小姓は、勘十郎が目付方を引き連れて、いずこかへ出かけたと、恐る恐る告げた。

「なんだと」

目を怒らせた出雲は、勘十郎が源太郎の妻を人質にとる、と言っていたことを思い出した。

(伊勢め、まさか菅の奥方に邪《よこしま》な思惑など抱いてはおらんだろうな。もし、さようなこ

とがあれば、この騒動の火に油をそそぐことになるぞ）

出雲は不安な面持ちになったが、その間にも小宮屋敷を見張らせている者たちからの報せが相次いだ。

それによると、もともと小宮屋敷には小宮四郎左衛門と伊藤六郎兵衛、小笠原蔵人、二木勘右衛門という四人の家老と小笠原鬼角が集まっていた。

ところが、これに用人の伊藤勘解由《かげゆ》や小笠原藤助《とうすけ》ら番頭八人が加わった。さらに大目付高田一学《たかだいちがく》、細野奥左衛門《ほそのおくざえもん》始め、寺社奉行関口彦助《せきぐちひこすけ》、勘定奉行大輪健助《おおわけんすけ》、物頭山崎新左衛門《やまさきしんざえもん》、使番林加治馬《はやしかじま》ら重職にある錚々《そうそう》たる藩士たちに同調の動きがあるという。

このままでいけば八十人を超す家臣と、その従者を含めると三百人余りが出国を図るかもしれない、という情勢になっていた。

（彼奴《きやつ》ら、これほどの勢力だったのか）

出雲の顔はこわばった。しかし、この人数は四郎左衛門たちのもとに集まったとは言えないだろう。

（犬甘兵庫め――）

いま、出雲に反発して集結しつつある藩士たちは、旧犬甘派というより、かつて藩政に辣腕を振るった兵庫の薫陶《くんとう》を受けたものたちなのだ。

それだけに自分への対抗心には根強いものがあるのを見損なっていたのだ、と出雲は悔いた。しかし、藩士のおよそ半分が動こうとしているのは、出雲への憤りだけではないことを察していた。

(殿への不満が大きいのだ)

藩主忠固《ただかた》は老中に昇進しようと猟官に走り、藩の財政が悪化するのも構わずに金品を浪費し続けている。禄高《ろくだか》が低い者は、暮らしが成り立たないほどに追い詰められている。藩士の苦境も顧みず幕閣たちへの贈賄を続けようとする忠固への恨みが深刻になっていたのだ。

これほどの事態になったことを忠固に報告するため、御座所へ向かう出雲の足取りは重かった。薄暗い大廊下を歩きながら、思わず何度か、

——兵庫め

とつぶやいていた。

出雲と兵庫の熾烈《しれつ》な争いはまだ、終わっていなかった。

そのころ、勘十郎は騎馬で菅屋敷を訪れていた。羽織袴《はおりはかま》姿の勘十郎は馬を下りると鞭《むち》を手に門をくぐった。先導した目付方が、玄関先に立ち、

「菅家の者、出て参れ。お使者である」

と大声で告げると、吉乃が急いで出てきた。すでに秀五郎から源太郎が城中で幽閉さ

れたことは聞いていた。

源太郎の処分についてのお達しだろうと思い、緊張した表情だった。しかし、玄関先に立っていたのが、かつて自分に乱暴な振舞いをした伊勢勘十郎だと気付くと、言葉も出ずに式台に跪《ひざまず》き、手をつかえた。

勘十郎はゆっくりと玄関に歩み入って、

「菅家の者に申し渡す。菅源太郎は不届きなことがあり、城中で詮議を受けておる。ついては、当屋敷において菅が上原与市らと開いておった会合について、家人に問い質《ただ》すことがある。そなたはただちにわしに同道いたせ」

吉乃は驚いた。源太郎の幽閉も意外なことだったが、それ以上に自分までもが糾問されるとは思いもよらなかった。

「わたくしは女子の身にて、政につきましては、何の話も聞いておりませぬが」

吉乃が懸命に言うと、勘十郎はにやりと笑った。

「政の話など聞こうとは思わぬ。この屋敷に誰が集まり、どのような話をしていたか、漏れ聞いていたことを話せ、と言っているのだ」

「さようなことは旦那様のお許しがなければお話しいたすことはできませぬ」

吉乃はきっぱりと言った。

「そうか、ならば話してよいかどうかを菅源太郎に問い合わせればよい。いずれにしても詮議は行わなければならぬ。同道いたさぬとあれば、主命に背くことになるぞ」

決めつけるように勘十郎は言った。やむなく吉乃は家僕と女中たちに千代太のことを頼み、身繕いしてから、勘十郎に同行することにした。

居室で帯をあらため、襟元を正した後、鏡台に向かって化粧を直しながら吉乃は家中の騒動がさらに激しくなっていくのを感じ、指が震えた。

屋敷を出ると吉乃は騎馬の勘十郎に従った。ふたりの目付方が前後を囲み、あたかも咎人《とがにん》として連れていかれるようだった。

吉乃は城に行くものとばかり思っていたが、勘十郎は堀端を通り過ぎて、大身の屋敷が並ぶ武家地に入った。その中でもひときわ大きな屋敷の門前で勘十郎は馬を下りた。

屋敷からすぐに家士《かし》が飛び出てきて、

「お戻りなされませ」

と言いながら馬の口を取った。吉乃はうかがうように勘十郎を見た。

「お城へ参るのではないのでしょうか」

「女子を城中で取り調べるわけにもいかぬ。ここはわしの屋敷だ。誰にも邪魔されず問い質すことができる」

勘十郎は薄く笑って玄関から上がる際、吉乃を通す部屋について家士に指図した。勘十郎が奥へ入っていくと、家士は吉乃をうながした。目付たちも吉乃に続いた。

吉乃が連れていかれたのは中庭に面した奥座敷だった。片隅に座ると目付たちは隣室に控えた。

吉乃はそのまましばらく待っていたが、勘十郎はなかなか姿を見せない。しびれを切らして、これからどうなるのか、目付方に問おうかと思案していたとき、ようやく勘十郎が姿を見せた。手には書状を持っている。どうやら奥で書状を認《したた》めていたらしい。

勘十郎は目付方に書状を渡して、

「わしはこれより、小宮屋敷に赴いて、しなければならぬことがある。菅源太郎の妻女はわが屋敷の家士が見張るゆえ、そなたらは、この手紙をご家老様にお届けいたせ」

「われらは見張らなくともよいのでございますか」

目付方が怪訝な顔をすると、勘十郎は素っ気なく言った。

「よいと言っておるではないか。それよりも早く手紙を届けてもらわねば困る。城下の様子はただならぬものがあるぞ。事態は急を要するのだ」

目付方は、はっとかしこまって、頭を下げるとふたりとも座敷から出ていった。座敷には勘十郎と吉乃だけになった。

勘十郎は縁側への障子をゆっくりと後ろ手で閉めた。吉乃は体をすくませた。勘十郎が何をするつもりなのか、と息詰まる思いがした。

吉乃のそばによると勘十郎は片膝をつき顔を寄せてきた。吉乃は身をそらせて、顔をそむけた。

勘十郎はくっくっと笑った。

「さように嫌わずともよいではないか。昔、またの逢瀬《おうせ》を楽しみにいたしておる、と言うたではないか。ようやく、その機会が巡って参ったのだ」

「滅相もないことでございます。わたくしはあなた様と会いたいなどと思ったことはありません」

「ほう、さように申すが、素戔嗚《すさのお》神社では口を吸った仲ではないか。満更の他人とは言えぬのではないか」

抜け抜けと言いながら、勘十郎は吉乃が膝に置いた手を取ろうとした。吉乃はおぞましい思いで勘十郎の手を振り払った。

「素戔嗚神社でわたくしはあなた様から無体を仕掛けられただけでございます。それを恥じることなく、口にされるとは武士にあるまじき所業でございますぞ」

吉乃がきっぱりと言うと、勘十郎は、ははっ、と笑って立ち上がった。吉乃を見下ろして、凄《すご》みのある顔つきになった勘十郎はひややかに告げた。

「わしはこれから、小宮屋敷に乗り込む。印南新六は菅に取り残され、いまも小宮屋敷におるそうだ。その新六に、わが屋敷に人質に取ったそなたを救いたければ小宮四郎左衛門始め、四人の家老を斬れと命じるのだ」

「新六殿に小宮様たちを斬らせるおつもりですか」

吉乃は愕然《がくぜん》とした。勘十郎は大きくうなずいた。

「そうだ。あの男の腕ならばできぬことではない。それにあの男はどうやらそなたに懸想しておるようだ。そなたがわしに捕えられ、その身が危ういとなれば何でもしてのけるだろう」

「さような卑劣な振舞いはおやめください」

吉乃は片手をつかえて言った。勘十郎は、つめたい目で吉乃を見据えた。

「ならば、新六を刺客とせぬかわりに、そなたをわしの好きなようにあつかってもよいのか」

吉乃は蒼白になって顔を横に振った。

「さようなことはなりませぬ」

「そうであろう。ならば、わしも新六に刺客《しかく》を命じるほかあるまい」

勘十郎は背を向けて出て行こうとしたが、障子に手をかけて振り向いた。

「小宮屋敷から戻ったならば、そなたの糾問をいたす。そのときは何もしゃべるな。その方が、そなたの体をいたぶって、楽しむことができるからな」

勘十郎は声を出さずに笑って座敷を出ていった。吉乃は恐ろしい者を見る思いで震えながら勘十郎の背中を見送った。

（新六殿、助けてください）

心中で助けを求めたのは源太郎ではなく、新六だった。そのことが、吉乃をさらに悲しい思いにさせていた。

城中の御座所で、出雲は忠固の前に出ると小宮四郎左衛門らの動きについて報告した。

忠固は憤りで顔を赤くした。

「それほどの人数で国を出ようとするのは、もはや謀反ではないか。ただちに討手を差し向け、一人残らず首を打て」

忠固が声高に言うのを出雲は必死になだめた。

「仰せ、ごもっともにございますが、家中が二つに割れて、争闘に及んだことが江戸表にまで聞こえますと、ご老中方の思《おぼ》し召しもいかがかと存じます。さすれば、殿の溜間詰昇進の障りともなりましょう。それでは、これまでご老中方になされた方策が、水泡と帰してしまいます」

「わしが老中になるためには、辛抱せよと申すのか」

「仰せの通りにございます」

忠固は不機嫌な表情になって黙ったが、しばらくして口を開いた。

「されど、家中の者が多人数で国を出たということになれば、わしの面目は丸潰れだ。

そのことが老中の耳に入れば何といたす」

「されば、でございます――」

出雲は言いかけて口ごもった。

伊勢勘十郎が印南新六に小宮四郎左衛門たちを暗殺させようとしているのが、いまとなっては頼みの綱だ。しかし、いかに対立しているとはいえ、重臣に刺客を放つなど、あからさまに言えることではなかった。

しかも、勘十郎が新六を動かせるかどうか、まだわからないのだ。当惑して口を閉ざした出雲の顔に忠固は鋭い目を注ぎ、確かめるように言い添えた。

「なんぞ手は打っておるのだな」

出雲は手をつかえ、頭を下げた。

「さようにございます。されど、いかようになるかまだわからぬことでございますゆえ、殿のお耳に入れることは憚《はばか》られます」

忠固はつめたく笑った。

「ならば、聞かずともよい。そなたの打った手がうまくいけばよいがな」

「さようにございます」

出雲は頭を下げたまま、額に脂汗を浮かべていた。

はたして、勘十郎の狙い通りに新六は動くかどうか。すべてがそれにかかっているのだ、と背筋がつめたくなる思いだった。

## 十八

小宮屋敷の門前に勘十郎は馬を乗りつけた。門は大きく開かれ、藩士たちがあわただしく出入りしていた。

すでにぶっ裂き羽織、裁着袴《たつつけばかま》で笠《かさ》を手に旅姿になっている者もいた。鎧櫃《よろいびつ》や槍《やり》を抱えている者までいて、あたかも合戦が始まるかのようだった。

勘十郎は、馬を下りると、門番につかつかと近づき、

「ご家老の命によって参った伊勢勘十郎である。小宮様に面会いたしたい」

と告げた。門番は出雲派の勘十郎が現れたことにぎょっとして、しばらくお待ちをと言い残して奥へと走った。

門前にいた藩士たちは敵意のこもった目で勘十郎を睨んだ。勘十郎は居心地が悪そうに佇《たたず》んでいた。やがて鬼角が門番とともにやってきた。鬼角は勘十郎の前に立ち、

「小宮様に会いたいそうだが、いまさら無駄なことだ。このままお帰りあれ」

と断固とした様子で言った。勘十郎は首をかしげて、

「なるほど、もはや、後には退かぬと言われるのか。これは、困ったことになり申し

た」

　とつぶやいた。鬼角は嗤った。

「すべては出雲様が仕掛けたことだ、いまさら後悔しても始まらぬ」

　勘十郎は腕を組んで考える素振りを見せた後、

「ならば、やむを得ませんな。ただ、この屋敷に印南新六がおるはず。印南と話がいたしたいのだが、お許し願えぬか」

「印南と？　なぜ話さねばならぬのだ」

「菅源太郎はこの屋敷を訪れた後、城に戻ったが、ご家老の怒りにふれて、幽閉されてござる。菅は小宮様に穏便に事を収めるようお願いいたしたのだと申し立てておる。それがまことのことなのかどうかを同行いたした印南に確かめたいのでござる」

　勘十郎はなめらかな口調で言った。鬼角はじろりと勘十郎を睨んだ。

「ほう、菅は幽閉されたのか。われらはてっきり、出雲様の手の者として動いておった、と思ったがな」

　鬼角は勘十郎の表情をうかがったが、やがて苦笑した。

「まあ、印南と会うぐらいはよろしかろう」

「お許しいただけようか、ありがたく存ずる」

　勘十郎は大仰に頭を下げた。鬼角はそんな勘十郎を胡散臭《うさんくさ》げに見ながら言った。

「ただし、奥へ通すわけにはいかぬ。玄関脇の小部屋で対面していただこう」

「それで結構でござる」

勘十郎はにこやかにうなずいた。

鬼角が奥へ入ってしばらくして門番が勘十郎を玄関脇の小部屋に招じ入れた。待つほどに、新六が方円斎と順太に伴われて入ってきた。

新六は勘十郎を見て驚いたように目を丸くした。勘十郎は方円斎と順太を傲慢に見据えて、

「その方ら、まさか、ひとの話を盗み聞きいたすつもりではあるまいな。しばし、部屋の外で待て、それが礼というものであろう」

と決めつけた。順太がかっとなって何か言いかけたが、方円斎は順太の腕を押さえた。

「わかり申した。外にて待ちましょう。されど、胡乱《うろん》な振舞いをなされば容赦はいたしませんぞ」

方円斎は言い置いて順太とともに部屋を出た。勘十郎はふん、と鼻で笑って、部屋の戸を閉めてから、わざと大声で新六に語りかけた。

「そなたとともに、この屋敷に入った菅源太郎は城中で幽閉されたぞ。小宮様に一味したと疑われたのだ。菅はこの屋敷に参って何をした。有体に申せ」

「菅様はご家老のお疑いを受けたのでございますか」

新六が息を呑むと、勘十郎はすばやく傍《そば》に寄って小声で囁いた。

「ご家老の命を伝える。小宮たち四人の重臣を斬れ。さもなくば菅源太郎を打ち首にいたすぞ」

声も出せずにいる新六に、勘十郎はふたたび大声を出した。

「なぜ、黙っておるのだ。菅への糾問は家人にまでおよんでおる。菅の妻女も捕えておる。そなたが答えねば妻女も厳しく糾問いたすことになるぞ」

「吉乃様を捕えたとはまことでござるか」

新六は目を鋭くして膝を乗り出した。勘十郎はにやりと笑って小声で言い添えた。

「菅の妻女はいま、わしの屋敷におる。これより立ち帰って糾問いたすが、どのように責めるかはわしの胸三寸だ」

「何をされるおつもりか」

新六は声を低めて訊いた。勘十郎はさらに小声で答える。

「お主がご家老の命に従わなければ、昔、素戔嗚神社で仕掛けたことの続きをいたすことになるぞ」

「何ということを」

新六は歯噛《はが》みして詰め寄った。勘十郎は新六を避けて立ち上がった。

「わしに手を出せば、菅は打ち首となり、妻女も罪に問われる。それよりもご家老の命に従うことだな。蝙蝠《こうもり》はしょせん、蝙蝠だ。裏切るのは慣れておろう」

小声で言った勘十郎は、あらためて声を大きくした。

「その方の心底は読めた。謀反人どもに加担いたしたのだな。もはや、城に戻ることは許さぬぞ」

勘十郎は戸を開けると、方円斎たちに向かって、

「もはや、用はすんだ。とんだ愚か者のために無駄骨を折らされたぞ」

と言い放った。勘十郎はそのまま玄関を出て門へと向かった。その背中を方円斎はじっと見つめた。

部屋の中で新六は呆然としていた。たとえ、自分が斬られることになっても、源太郎は助かるものと思っていた。

ところが、源太郎は幽閉され、吉乃も捕えられたという。何よりも吉乃の身が案じられた。

——吉乃様
新六は唇を噛んだ。膝に置いた手が細かく震えた。勘十郎が、蝙蝠はしょせん、蝙蝠だ、と言った言葉が耳に響いていた。

勘十郎が去った後、鬼角は四郎左衛門の居室に入った。四郎左衛門は旅姿となって床几《しょうぎ》

に座っていた。

「伊勢勘十郎は、ようやく帰りましたぞ」

鬼角が告げると四郎左衛門は首をひねった。

「出雲め、何が狙いで勘十郎を遣わしたのであろうか」

同じように旅姿になっている六郎兵衛が笑って言った。

「おそらく、われらの決意が固いことを知ってうろたえ、様子を見に来させただけではありませんか」

勘右衛門がうなずいた。

「出雲めは、われらがこれほどの大事になるとは思いもせなんだのでござろう。いまごろはすでに首が飛んだような気になって青ざめておろう」

勘右衛門の言葉に一座の者たちは大笑した。しかし、さすがに四郎左衛門は落ち着きを取り戻して、

「だが、出雲があっさり諦めるはずもない。油断はできぬぞ」

と戒めた。さらに鬼角に顔を向けて言った。

「あの印南新六の始末はそなたにまかせる。われらに同道させるなり、斬り捨てるなり、思うようにいたせ」

「ならば、場合によっては印南新六めを人質として連れて参らずともよろしいのでござ

いますか」

鬼角はたしかめるように訊いた。

四郎左衛門は歯牙にもかけない様子で答えた。

「あのような者は人質といたしても、さほど役には立つまい。足手まといとなるだけのことであろう」

言い捨てた四郎左衛門は、鬼角の返事も聞かずに縁側に出た。そのまま進んで玄関に立つと玄関前に集まった藩士たちに向かって、

「われわれはこれより出立いたす。君側の奸により、正義が通らぬことを憂い、藩政を正すためである。皆、心して参ろうぞ」

と告げた。藩士たちは、おおっ、と応じた。

四郎左衛門と伊藤六郎兵衛、小笠原蔵人、二木勘右衛門はいずれも馬の左右を郎党に守らせ、静々と進んだ。

小宮屋敷に集まっていた藩士たちは隊列を組み、これに従う。さらに、城下の武家屋敷からは立ち退く者の嫡男《ちゃくなん》、次男が相次いで後を追い、大身の家来たちも続々と続いた。

小倉城下は物々しい気配に包まれ、町人たちは、いまにも合戦が始まるのではないか、と恐れて家にひそみ、表の通りに出る者はいなかった。

一行はやがて、三百人余りとなった。四郎左衛門の嫡男主税之助《ちからのすけ》と勘右衛門の嫡男、

儀右衛門《ぎえもん》が騎馬で後ろを固めて追手に備えた。

殺気をはらんで一行は筑前街道を進んでいく。

そのころ、新六はまだ小宮屋敷に留まっていた。鬼角が出立にあたって方円斎と順太に、

「伊勢勘十郎は何かを企んでおるに違いない。わしらが国境《くにざかい》を越えたころを見計らって、印南を連れて後を追って参れ。印南に不審な動きがあれば斬って捨てよ」

と命じていた。

無腰の新六は方円斎と順太に見張られるまま、空しく時を過ごすしかなかった。

源太郎と吉乃を救うためには出国しようとする一行を追って、四郎左衛門たちを斬らねばならない。しかし、藩士たち三百人余りに囲まれている四人を斬ることができるのか。その前に刀も無いいまま方円斎たちの手からどうやって逃れたらいいのか。

新六は進退窮まっていた。

十九

小倉城下に風が渦巻いていた。

町屋のひとびとは、いまにも城下で合戦が始まるのではないかと恐れた。このころの

記録に、

——希代《きたい》の大変

とある。立ち退いた者が家老であった、

小宮四郎左衛門　千石
伊藤六郎兵衛　千石
小笠原蔵人　千五百石
二木勘右衛門　千五百石

の四人。さらに用人の、

小笠原鬼角　三百石
伊藤勘解由　三百五十石

がいたことがひとびとを驚かせた。ほかにも番頭八人、大目付二人、側役二人、寺社奉行二人、大賄《おおまかない》一人、勘定奉行二人、宗旨奉行一人、旗奉行二人、船奉行一人、物頭二人、使番二人、馬廻《うままわ》り三十六人、小姓組五人、書院番二人など、藩の重職にある者たちがこぞって加わったのだ。身分のある藩士は八十人を超えていた。その供回りを加えると三百六十人近かった。

小宮四郎左衛門ら重臣が騎馬で城下を立ち去る姿は、あたかも戦国の世を思わせるように、ものものしく、遅れまいと馳《は》せ参じる藩士たちが列をなし、砂塵《さじん》が舞い上がるほどだった。

一行の中には、

——儒者一人

がいた。三人扶持《ぶち》、十八石の上原与市だった。

与市は笠をかぶり、羽織袴姿で手甲脚絆《てっこうきゃはん》に草鞋《わらじ》履きの旅姿で、小宮四郎左衛門の騎馬に徒歩《かち》で従っていた。思い通りに事態が進み、家老の小笠原出雲に一杯食わせた与市は、意気軒昂《いきけんこう》としていた。

与市たちの傍らを騎馬があわただしく通っていく。城中から四郎左衛門たちの意図を問い質す使者が早馬で追いすがってきたのだ。

四郎左衛門は使者たちに、

「思うところがあって、城下を立ち退き申した」

と答えるだけで、一行の足を止めようとはしなかった。使者たちは四郎左衛門に従う者たちの敵意の籠った目にさらされ、蒼白になりながら城へと戻っていった。

その様を見ながら、与市は傍らの鬼角に、

「城に籠りし者どもは、われらが大挙して出国すると知ってさぞや仰天しておりましょうな」

と話しかけた。鬼角は蔑《さげす》むように片頬をゆるめた。

「ご家老の小笠原様はさほどに甘くはない。いまごろは、おのれに逆らう者を一挙に葬ろうと知恵を絞っておろう」

「いかに策を練ろうと、家中のおよそ半分が国を出るからには、失政は明らかでございます。幕府よりのお咎めも必定《ひつじょう》でござれば、もはやわれらの勝ちでござる」

「さてな、勝負はこれからであろう」

厳しい表情を崩さずに言った鬼角は、ふと、

「そう言えば、あの男はどうするであろうかな」

とつぶやいた。与市が怪訝な顔をして訊いた。

「あの男と仰せられますと」

「印南新六だ」

与市は薄笑いを浮かべた。

「あの者なら、おそらく方円斎殿らの隙を突いて逃げ出し、城へ駆け込みましょう。されど、ご家老からはつめたくあしらわれ、腹を切らされると存じます。それが裏切り者の末路でござる」

「そうかな。あの男はわしらを追ってくるのではないかと思うが」

「なぜ、さように思われますか」

与市は首をかしげて鬼角の顔を見た。

「さてな、何となくそのような気がするというだけのことだ」

鬼角はにやりと笑って、それ以上のことは言わなかった。上空で風が吹き始めたのか、雲の流れが速くなっていた。


そのころ、新六は方円斎と順太に見張られていた。このままでいけば、いずれ小宮四郎左衛門の供の列に加えられ、藩領の外へ出ることになる。いったん脱藩ということになれば、もはや小倉城下に戻ることは難しい、と考えをめぐらせていた。

そのことは諦めるにしても、勘十郎の屋敷に囚われている吉乃のことが気になった。勘十郎の言ったことに従えば、方円斎と順太の監視から逃れて出国しようとしている四郎左衛門を斬るしかない。だが、それは難事だ。

(できぬし、やりたくもない)

新六は眉根を寄せて考えていたが、やがて大きく息をつくと、方円斎に向かって手をつかえ、頭を下げた。方円斎はじろりと新六を見据えた。

「何の真似《まね》だ」

「お願いいたしたき儀がござる」

頭を下げたまま新六は低い声で言った。

「まさか、逃がしてくれと言うのではあるまいな」

方円斎はひややかに言った。

新六は顔を上げて真剣な眼差しを方円斎に向けた。

「逃げはいたしません。必ず戻って参ります。それゆえ、それがしに、しばしの時をお与えください」

傍らの順太がくっくっと笑った。

「逃げはせぬなどと言っても、信じる者がいるわけはなかろう」

「武士にござれば」

順太に向かって新六は言葉少なに言った。武士だから、嘘《うそ》は言わない、信じてくれというのだ。順太は新六の顔を見返して、

「信じられぬ」

と言い放った。新六は悲しげな顔になった。

「なぜでござろうか。それがしは、武士に二言なしと思い定めて生きておりまするが」

方円斎が苦笑した。

「お主のように馬鹿正直に生きておる者ばかりではないということだ。たとえ、武士であっても嘘をつくし、裏切りもする。いま、御家で起きている騒動がまさにそれではないか。家中が二派に分かれて、それぞれ、われこそが忠義だと言い募っておる。ということは、いずれか片方か、あるいは双方ともに嘘つきだということになる」

順太が顔をしかめて、

「方円斎殿、さようなことを申されては」

と声をかけて止めようとした。だが、方円斎は平然として、

「わしはおのれの正義を信じておる。しかし、見方を変えれば、殿の意に背いて不忠をなしているとも言えよう。だからこそ、城の門を閉じられ、かように城中に入ることもできずにおるのだ。いまはそれが不満で方々と共に国を出ようとしておる。謀反だと謗《そし》る者もおるであろうな。しかし、わしらにとっては、これが忠義なのだ」

と言った。そして、底光りする目で新六を射抜くように見た。

「お主がここを出て何処《どこ》にいこうとしておるのか、わしは知らぬ。だが、それは忠義の道であるのか。それを申してみよ」

目を閉じて聞いていた新六は、ゆっくりと口を開いた。

「方円斎殿の言われること、もっともにございます。それがしは忠義のために参りたいと申しているわけではございません」

「ならば、何のためだ」

「ひととしての思いでござる」

目を開け、新六は言ってのけた。

「ひととしての思いだと」

方円斎があきれたような声を出し、順太はけたたましく笑った。

新六は悲しげにつぶやいた。

「やはり、おわかりいただけませぬか」

方円斎は真面目な顔になって言った。

「印南、どのような事情があるのだ。何もかも話してみろ。わしにも武士としての覚悟はあるつもりだぞ」

「されば、申し上げる。わたしは菅源太郎様の奥方吉乃様を助けに参らねばならないのです」

新六は思い切ったように話し始めた。方円斎と順太は顔を見合わせた。方円斎が驚きの表情を浮かべて訊く。

「印南、お主正気で、藩が真っ二つに割れて騒動になっているおりに、他人の女房殿を助けに参るというのか。武士としての面目を投げ捨てることになるぞ」

新六は目を閉じて、深々とうなずいた。方円斎は新六の顔をまじまじと見つめていたが、不意にからりと笑った。

「あきれはてた愚か者だ。さような願いを聞けるわけはなかろう」

方円斎は言い捨てると、順太に顔を向けた。

「もはや、かような戯言《たわごと》を聞くまでもない。間もなく小宮様を追っていかねばならぬが、わしはいささか疲れたようだ。まずは昼寝をいたしてから屋敷を出ることにしようか」

順太は目を瞠った。

「いまから昼寝をされるのですか」

「そうだ。お主も昼寝を付き合え」

方円斎はさりげなく順太に目くばせした。順太は方円斎の意図を察して困った顔になると腕を組んだ。

「さてさて、方円斎殿は無理を申される」

「何が無理なものか。寝るだけのことだ」

方円斎は部屋の隅に行くと新六に背を向けて横になり肘枕をした。その様子を見て、順太も、

「やむを得ませんな」

とつぶやき、新六をちらりと見遣《みや》ってから部屋の隅で膝を立てて座り、刀を抱いて目を閉じた。新六は手をつかえ、

「ありがたく存じます。かならず戻ります」

と言ってふたりに頭を下げた。方円斎は新六に背を向けたまま口を開いた。

「よけいなことは言うな。わしらは昼寝をいたしておるだけのことだ。それより、わしらが昼寝をしている間に、どこぞへ行ったならば、もはや戻ってはくるな。藩の争いは

底が知れぬ。お主はかような争いごとに巻き込まれるには、馬鹿正直すぎる。争いはいずれ収まるが、そのおりに損をするのは、正直者だぞ」

方円斎の言葉には温かなものがあった。

「かたじけない。されど、それがしは戻ります」

新六は頭を下げて言い、すっと立ち上がった。そのまま音も立てずに座敷から縁側に出た。方円斎は目を閉じたまま、

「馬鹿者め――」

とつぶやいた。新六はすべるように玄関に向かい、途中の刀掛部屋で自分の大刀を探し出すと腰に差した。

玄関には小宮家の家士たちが、すでに屋敷を発った四郎左衛門に追いつくため、あわただしい様子で旅の支度をしていた。

小宮派の藩士たちはすでに四郎左衛門に従ったようだ。家士たちは奥座敷で幽閉されているはずの新六を見て、ぎょっとした顔になった。

新六は平然として、

――ご免

と大きな声を発して家士たちの間を通り過ぎた。家士たちは気を呑まれて新六を呆然と見つめた。

悠然と門をくぐってから、新六は背を丸め、刀に手をかけて走り出した。勘十郎の屋敷は菅屋敷からさほど遠くない。堀端を過ぎたあたりの大身の屋敷が並ぶ武家地にあることは知っていた。

足を速めながら、

(吉乃様、ご無事で——)

と祈っていた。勘十郎の屋敷に乗り込んで、どうするかの覚悟はすでに定まっていた。伊勢勘十郎は、この後も吉乃と菅源太郎の禍根《かこん》となるに違いない。その邪悪さが許せなかった。

——勘十郎を斬る

新六は胸中で深く思い定めていた。かつて霧ヶ岳の烽火《のろし》台に放火し、さらに渋田見主膳を暗殺したのも、吉乃の夫である源太郎を守るため、やむなくしたことだった。源太郎に禍《わざわい》が及べば吉乃が悲しむだろうと思ったからだ。

源太郎のためではなく、吉乃のためだっただけに、内心、忸怩《じくじ》たるものがあった。しかし、いまは吉乃を助けるために走っているのだ、と思うと身の内が熱くなった。

これまで、自ら望んで刀を振るったことはなかったが、きょうだけは違う。自らの心のままに夢想願流の技を使うのだ。

新六は武者震いしながら、土を蹴立てて走った。

# 二十

　このころ、源太郎は城中の小部屋に閉じ込められていた。

　座敷牢のような格子があるわけではない。襖の向こうの廊下に見張り番となった藩士ふたりがいるだけだ。それでも、部屋から出ることは許されていないだけに、鬱屈した思いだった。

　勘十郎から出雲の命を聞いて、これに従い、四郎左衛門たちに国を出るよう話した。だが、城に戻ってみれば、脱藩を勧めたと出雲に咎められた。

　初めからだまされ、踊らされていたのだ、と気づいたのは出雲のつめたい目に見据えられてからだった。

（そうか、勘十郎の仕組んだ罠であったか）

　小部屋に座り沈思して、ようやく伊勢勘十郎の謀《はかりごと》だったと思い当たった。

　家老の出雲にへつらい、出世を望んでの策謀だろうとは思ったが、そのためになぜ自分が狙われたのか源太郎にはわからなかった。なぜかしら勘十郎に憎まれたのだ、と思うしかない。

　勘十郎は昔、吉乃と縁があったかと思わせぶりなことを言っていた。さらに、新六が勘十郎と出会ったときも、吉乃とともにいたのだという。

そんなことを考えあわせてみれば、勘十郎と新六の間に吉乃をめぐって何かの確執があったのではないか、とも考えられた。だからこそ、新六は常に自分をかばい続けてくれたのかもしれない。

新六は誰のために懸命になっているのか、と源太郎はあらためて思った。新六が源太郎のために命を賭けるとは思えない。まして、旧犬甘派のためであるはずがない。

（やはり、吉乃のためであろうか）

源太郎は新六が屋敷を訪ねてきたおり、楽しげに吉乃と言葉を交わしていたのを思い出した。もともと新六が菅屋敷に姿を見せるようになったのは、吉乃が嫁いできた婚礼の日からだ。

あのおり、新六はなぜか犬甘兵庫に見込まれて犬甘派に入った。兵庫が亡くなった後も旧犬甘派を去らずにいたのも菅屋敷を訪れるためだったのかもしれない。

新六はこれまでに二度、源太郎をかばっている。

霧ヶ岳の烽火台への放火と渋田見主膳の暗殺だ。新六がかわって行わなければ源太郎がしなければならなかった。そして、いままた出雲と対立する重臣たちの説得に乗り込むに際しても新六に守られた。

すべてが吉乃のためだとすると、新六の思いはただならぬものがある。

（印南殿は吉乃に懸想しているのではないか）

そう思うと納得のいくことばかりだ。しかし、なぜか腹は立たない。

寡黙で容貌も地味な新六はおよそ恋などと縁がなさそうだからだ。仮に吉乃に想いをかけていたにしても、それは新六の胸の中だけに留まるに違いない。それなのに吉乃の夫である自分をかばおうとするのは、どうしたことなのだろう。

ひとはそれほどまでに、誰かに想いをかけることができるのだろうか。

自分は吉乃を妻として、あるいは千代太の母としていとおしんではいるが、自らを顧みることもなく尽くすということはないだろう。

先祖代々の家を保っていかなければならない武士として、さようなことは許されない、と思いつつも、心のどこかで新六に懐かしく、羨ましいものを感じていた。

（わたしは印南殿のようには生きられない）

源太郎は唇を噛んだ。


伊勢勘十郎が城へ戻ったとき、あわただしく早馬が城門から出ていった。

勘十郎は表情を変えず、城内に入り、御用部屋の控えの間に落ち着いてから、小姓に出雲に報告したいと奏上してもらった。

間もなく出雲から召し出しがあった。

勘十郎が出雲の御用部屋に入ると、側役の三人に何事かを命じていた。三人が平伏してかしこまった後、退室すると、出雲は勘十郎に苛立った目を向けた。

「どうであった。印南は刺客となることを承知したか」

出雲はせわしなく訊いた。勘十郎は落ち着き払った様子で答える。

「なにせ、小宮屋敷での話ゆえ、はっきりとした返事を聞くわけには参りませんでした。しかし、印南はそれがしの仕掛けに驚いた様子にござった。まずは十分に脅しは利いたと存じまする」

「それだけではわからぬ。まことに印南は小宮たちを斬るであろうか」

出雲は不安げな様子だった。

「さて、そこでございますが、それがしも小宮様たちの出国がかくも大人数でのことになるとは思いませんでした。印南が刺客を引き受けたにしても小宮様たちを斬るどころか、近づくこともできぬかも知れません」

勘十郎は鋭い目をして言った。出雲は苦い顔になった。

「なんだ。それでは、印南を刺客といたすのはしくじったということになるではないか」

「いえ、さように思われるのは早うございますぞ。なぜならば——」

勘十郎は手で出雲を制しながら、あたりをうかがった上で声をひそめた。

「小宮様たちの多数での脱藩はもはや謀反と同然でございます。印南が小宮様を討とうとすれば、まわりの者と斬り合いになりましょう。おそらく多勢に無勢で印南は討たれるに相違ございません。さすれば、印南は小宮様の謀反を許さず、誅《ちゅう》そうとした忠義の者ということになり、小宮様に討手を差し向ける大義名分となります」

「もはや、小宮たちと合戦をしろというのか」

出雲は考え込んだ。溜間詰となり、幕閣に加わろうと望んでいる忠固にとって、家中が二派に割れての騒乱などもっとも望ましくないことだ。しかし、ことここにいたった以上は、腹を括《くく》るしかない。

忠固自身、討手を差し向けよ、といったんは口にしたのだ。もし、印南新六が小宮四郎左衛門を討とうとして斬られたならば、忠臣を殺されたということで、討手を差し向ける理由になる。

考え抜いた末、出雲は押し殺した声で言った。

「わかった。印南の動きを見張らせろ。奴が斬られたならば、すぐに小宮たちへの討手を出そう」

「印南めは、すでに見張らせております。間もなく報せが入りましょう。これで、彼奴もご家老のお役に立つというものでござる。父親がご家老から受けた恩に報いるために死ぬのであれば本望でございましょう」

「なるほど、そういうことになるか」

出雲は苦笑いした。

「さようでござる。蝙蝠には蝙蝠の使い道があるということかと存じます」

勘十郎は傲然として言った。出雲は少し考えてから、

「そのことを菅源太郎にも教えてやれ」

と言った。勘十郎は眉をひそめた。

「菅に話すのでございますか」

「そうだ。菅は言わば旧犬甘派を裏切ってわしについた。しかし、いまもその覚悟が定まっておらぬ様子だ。印南がどうなるかを知れば、未練を断ち切って、覚悟することができるだろうからな」

「なるほど、さようですな。それがしも菅に聞かせたいことがございますれば、ちくと話して参りましょう」

勘十郎は軽く頭を下げて立ち上がった。

源太郎に吉乃とのことを話していたぶってやろう、というつもりになっていた。勘十郎は御用部屋を出た。

源太郎に吉乃との出会いを話し、さらに、いまは自分の屋敷に捕えていると話したら、源太郎はどのような顔をするだろうか。

勘十郎はにやにやと笑いながら廊下を歩んだ。すると小宮屋敷を見張らせていた下役があわてた様子で廊下をやってきて片膝を突いた。

「申し上げます。印南新六が小宮屋敷を脱け出してございます」

下役の言葉に勘十郎は顔をほころばせた。

「ほう、印南め、見張りの隙をついて、小宮たちの後を追ったのか」

下役はうつむいて、頭を横に振った。

「それが、後をつけましたところ、途中にてまかれてしまいました」

「なに、小宮たちの後を追ったとすれば、街道へ通じるいずれかの道を行ったのであろう。道筋を追えばわかるはずではないか」

勘十郎は苛立たしげに言った。下役は平伏した。額から汗を滴らせている。

「それが、街道へ向かったようには思えません。手分けして捜したところ、お城の方角へ武士が走るのを見たという町人がおりました。人相風体から印南新六ではないかと思えるのですが」

「馬鹿な、奴が城に戻ってくるはずがない。さようなことをすれば菅源太郎同様に幽閉されたうえで、腹を切らされることぐらいはわかっておるはずだ」

そこまで言って、勘十郎ははっと目を見開いた。

「まさか――」

新六は伊勢屋敷に囚われている吉乃を助けようと目論《もくろ》んでいるのではないだろうか。だが、出雲の許しを得て、捕えた吉乃を強引に奪い返すなど、あまりに大胆に過ぎる。

(そのようなことができるはずがない)

勘十郎は胸の中で打ち消したが、すぐに、あの新六ならやろうとするかもしれない、という思いが湧いてきた。

家老の命によって捕えた吉乃を助ければ、命は捨てなければならない。しかし、新六ならば、吉乃のために平然と死を覚悟するのではないか。

(あの男ならばやりかねない)

昔、御前試合で立ち合ったとき、重臣の息子である自分を新六が容赦なく打ち据え、怪我まで負わせたのも吉乃のためだった。

吉乃が危難に陥っていると知れば、あの男は何を措《お》いてでも助けようとするのではないだろうか。

そう思った瞬間、勘十郎は愕然《がくぜん》とした。もし屋敷に捕えている吉乃を新六に奪われれば、出雲に高言した策がすべて水泡に帰す。

小宮たちが藩を割って国を出ようとしていることに焦慮している出雲は、勘十郎の失敗を許さないだろう。ひょっとして、いまの騒動の責めを勘十郎に負わせようとするかもしれない。

「新六め」

勘十郎はうめくと指図を待つ下役には目もくれずに玄関に向かった。いま、こうしている間にも新六が吉乃を奪っていくのではないか、と焦る気持が湧いてきた。

新六め、とあらためて歯ぎしりする思いだった。

新六は小宮屋敷を出た後、つけてくる者たちを巧みにまいて、勘十郎の屋敷の門前に立った。

門のあたりにひとがいないのを見定めたうえで築地塀《ついじべい》に沿って、裏門へとまわった。屋敷の裏門に通じる道に人通りはなかった。新六は裏門の近くで築地塀に手をかけて、身軽に乗り越えた。

庭に飛び降りて腰をかがめ、石灯籠《いしどうろう》の陰に身を隠した。呼吸をととのえ、屋敷内の様子を探ると、さほど警固の手配りをしていないのが感じ取れた。

新六はそろりと動き出すと、音も立てずに広縁に近づき、雪駄《せった》を脱いで懐に入れると、広縁に上がった。

刀を手に下げ、さりげなく気配を断って歩いた。女中たちが片付けものをしている部屋の前を通ったが、足音をたてず、風のように通り過ぎる新六に気づく者はいなかった。

新六は長い廊下を曲がり、奥へ進んだ。

吉乃を閉じ込めておくなら、奥にある小部屋だろうと見当をつけていた。中庭に面した縁側に出たとき、女中が奥の部屋から出てくるのを目にした。

茶碗《ちゃわん》を下げているようだ。女中が広縁に跪いて頭を下げ、障子を閉める仕草を見て、部屋にいるのは女人ではないか、という気がした。新六は座敷に入って広縁をこちらに向かってくる女中を障子の陰でやり過ごした。

その時、中庭に家士らしいふたりの男が所在無げに佇み、座敷に時折り目を遣っているのが見えた。

(間違いなさそうだ)

新六はにこりとすると、座敷を見まわし、奥に納戸があるのに気付いた。納戸の戸を開けてそっと入り、棚を足掛かりに手を伸ばして天井板を外した。刀を先に天井裏に置いてからゆっくりと体を持ち上げた。

薄暗い天井裏だが格子からわずかながら光が射している。新六はしなやかな獣のように天井裏を這《は》って、奥座敷の上へ近づいた。

用心深く天井板を動かすと下の座敷に女人がいるのがわかった。髷《まげ》と首筋から肩先を見ただけで、吉乃だとわかった。

新六は小声で、

——吉乃様

と声をかけた。

はっとして吉乃は天井を見上げた。

新六は天井板を動かすと、ふわりと畳に降り立った。その様子は、新六が吉乃を救ったときに見せた技と似た、蝙蝠のような動きだった。

「新六殿——」

吉乃は声をつまらせた。

## 二十一

勘十郎に囚《とら》われて以来、新六が助けに来てくれないか、と願っていた。だが、こうして新六が現れてくれると、信じられない思いで目に涙があふれた。

兄の秀五郎から、新六にむごいことをしている、と言われた。もはや、新六に助けを求めてはならない、と思っていた。だが、勘十郎の屋敷に囚われると思わず、胸の中で新六に助けを求めていた。

その願いが通じたかのように新六は現れてくれた。

しかし、そのために新六は、大きな苦難を背負うことになったとわかるだけに吉乃は申し訳なさで胸がいっぱいになった。

「新六殿、ありがとう存じます。されど、わたくしに関わっては新六殿の身が危のうございます。もはや、わたくしのことは放ってお立ち退きください」

吉乃が涙ながらに言うと、新六は微笑《ほほえ》んだ。

「何を言われますか。せっかく、吉乃様のもとへ参れたのです。お助けしないわけにはいきません」

「そうはおっしゃいましても――」

なおも訴えようとすると、新六はゆっくりと頭を横に振った。

「わが藩はすでに真っ二つに割れて争っております。この先、無傷でいられる者はおりますまい。それならば、わたしは吉乃様を助けて傷を負う方が嬉《うれ》しゅうござる」

「ですが、わたくしは伊勢様の家士《かし》に見張られております。ここから逃げるのは難しいと存じます」

眉をひそめて吉乃は言った。

「いや、家士が何人いようとも、斬り払って、吉乃様をお助けいたすのは、わたしにとってたやすいことです。しかし、いましばらく、ここで待とうと思います」

「何を待たれるのですか」

吉乃は目を瞠《みは》って訊《き》いた。新六は座敷の片隅に吉乃を誘い、畳に座った。吉乃が傍《かたわ》らに身を寄せて座ると、新六は声をひそめて話した。

「わたしが小宮屋敷を脱《ぬ》け出たことは、すでに城中の伊勢勘十郎の耳に達しているでしょう。あの男はわたしが吉乃様を助けようとしていると察して、あわてて屋敷に戻って参るでしょう。それを待ちます」

「待って、どうされるおつもりですか」

新六はひややかな笑みを浮かべた。

「斬ります」

「伊勢様を斬ると言われるのですか」

吉乃は息を呑《の》んだ。

「あの男は昔、素戔嗚神社で吉乃様に不埒な真似をいたしました。あのおりに斬り捨てておれば、かほどに禍《わざわい》を被《こうむ》ることはなかったのです。生かしておけばこれからも吉乃様と菅様に悪辣なことを仕掛けて参るに違いありません。いま、家中は二派に割れて、騒乱が起きています。この最中に斬れば、騒ぎの中での刃傷《にんじょう》沙汰と思われるでしょう。いまこそ、禍根《かこん》を断たねばならないのです」

不敵な笑顔を新六は吉乃に向けた。吉乃は不意に悲しい思いにとらわれた。

「新六殿はなぜ、そのようにわたくしによくしてくださるのですか。わたくしは申し訳なく思うばかりでございます」

「さて、それはわたしの心が命じることでございますから」

はぐらかすように言って、新六は目をそらした。

「新六殿のお心はどのようなことを命じているのでございましょうか。話していただきとうございます」

吉乃はせつなげに新六を見つめた。

間もなく勘十郎が屋敷に戻ってくるだろう。新六が勘十郎を斬るつもりでいるからには、命を賭けた戦いになる。いま、新六の思いを聞かなければ、と吉乃は思った。

「されど、この心持ちについては、わたしの身の上を語らねばおわかりいただけないでしょう」

「お聞かせ願いとうございます」

吉乃はきっぱりと言った。

「さようですか」

新六は、少し考えてから淡々と話した。


わたしの家にとって吉乃様のご実家である杉坂家はもともと主筋《しゅうすじ》でございました。

わが家は小笠原家の直臣《じきしん》としてお取立ていただきました。その後、縁組も行って杉坂家とは親戚となりましたが、それでもかつての主筋としての礼を代々、忘れたことはございませんでした。

わたしは幼くして母を亡くし父である印南弥助の手で育てられましたが、そのころわが家には父の弟である佐五郎《さごろう》という叔父が同居しておりました。叔父は若いころ江戸に出て剣術修行をいたしました。

叔父は江戸で剣客として名をあげ、道場を開くか仕官したいという夢を持っていたようです。しかし、いずれもかなわず、国元へ戻り、わが家の〈厄介叔父〉となっておりました。

叔父はなぜか、わたしを気に入り、江戸で修行した夢想願流を仕込んでくれました。わたしは子供のころから、人交わりが苦手でしたから、友と遊んだり、出かけたりするようなこともなく、ひたすら、わが屋敷の庭で叔父に剣術の稽古をつけてもらいました。

父はそんなわたしを見て、

「佐五郎の子供のころにそっくりだな」

と笑っておりました。叔父も、わたしが自分に似ていると言いましたが、それは父のように笑ってではなく、寂しげな言い方でした。

あるいは、わたしを憐れんでいたのかもしれません。叔父はわたしが元服して間もなく病を得て亡くなりましたが、病床でわたしに、

「わしはそなたに伝えられるだけの技は教えた。そなたには、剣の才がある。だが、その才は表さず、おとなしく生涯を過ごせ」

と言い遺《のこ》したのです。叔父がなぜ、さようなことを言ったのか、わたしにはわかりませんでしたが、父は叔父が亡くなって間もなく、

「佐五郎はお前が自分に似ているので不憫《ふびん》だったのだろう」

と話してくれました。叔父は剣術熱心のあまり、人交わりをせず、ひとりで生きたのです。

江戸に出て剣技を磨きながら、道場を開けず、仕官もかなわなかったのは、叔父が陰気でしかも影が薄く、ひとに嫌われるほどではないが、疎んじられ、忘れて放っておかれたためだ、と父は話しました。

そんな叔父に似ていると言われたことが、わたしにはよくわかりませんでした。しかし、長ずるにしたがって、しだいにわかってきたのです。

わたしは叔父によく似ておりました。ひとから、特に憎まれるわけではありませんが、何となく疎んじられ、目障りに思われるのです。父が隠居して、勘定方に出仕いたすようになってから、そのことをあらためて知りました。

特に意地悪をされるわけではなくとも、まわりにひとが寄らないのです。ひとりきりでいることは幼いころから慣れておりましたが、命じられた書類を書き上げても、どな

たも見てくださろうとはせず、

「そこに置いておけ」

と顔も見ずに指示されるばかりでした。

わたしは耐えるばかりでしたが、ひょっとして叔父に鍛えられた剣術の技量を示せば、まわりの目も変わるのではないか、と思いました。

そこで城下の剣術道場が行っている素戔嗚神社での奉納試合に出たのです。叔父からは、

「剣の才を表さず、おとなしく生きよ」

と言われておりましたが、わたしにもひとに認められたいという欲がありました。

剣術に優れていることを示せば、家中のひとびとも見直し、親しく交わってくれるのではないかと思ったのです。そこで奉納試合に臨み、勝ちましたが、わたしの願ったような評判は得られませんでした。

敗れたひとは、そのことを屈辱に感じるだけで、わたしを認めるひとなどいませんでした。わたしの剣が姑息《こそく》だと謗《そし》り、卑怯《ひきよう》なはめ手を使うなどと非難しましたが、やがてそのように言われることさえなくなりました。

夢想願流を遣う変わり者とだけ言われて、腕前については、相変わらず無視され続けたのです。

わたしはなんとなくすべてを諦めました。

叔父がそうであったように、どれだけ努力しても、力があっても、ひとに受け入れてもらえない、めぐり合わせの者はいるのだ、と考えるようになったのです。

ところが、屋敷が火事になり、吉乃様のお屋敷に住むことになってから、わたしにとって初めてのことが起こりました。

吉乃様がわたしに親しげに笑いかけ、話しかけてくださったのです。そのころ、吉乃様はまだ、十二、三歳で子供らしさが残っておられ、他家の男であるわたしにも気兼ねなく話しかけられたのだと思います。

わたしは若い女人と話すなど初めてでしたから戸惑い、顔を赤くしたと思いますが、吉乃様はそれがおかしいと言って笑ってくださったのです。

吉乃様の笑い声を聞くだけで、わたしの頑《かたく》なな気持はほぐれました。なにより、わたしは杉坂屋敷の中庭に面した縁側でほころび始めた梅の花を見ながら、吉乃様とたわいもない話をしているおりに、いままでにない幸せな思いを抱いたのです。

おかげで吉乃様のお父上である杉坂監物様ともかしこまらずに話をすることができました。ですが、それはいずれ終わる時が来るのはわかっておりました。

父が仮寓先の親戚の家で亡くなり、わたしは杉坂様のお屋敷を出て一家を構えなくてはならなかったからです。

そんなおり、思いがけない話を杉坂様から聞かされました。親戚の間で、わたしと吉乃様を娶《めあわ》せようという話が出ているというのです。わたしさえよければ、縁組の話を進めるが、どうかということでございました。

わたしは天にも昇る心地で杉坂様に頭を下げ、ぜひともお願いいたします、とお伝えしました。杉坂様は温顔で微笑んでくださり、

「では、いずれ吉乃に伝えるが、それまでは内密にしておくように」

とおっしゃったのです。わたしは嬉しさのあまり、部屋に戻っても体の震えが止まりませんでした。

吉乃様を妻に迎えることができる、それだけで、わたしの幸せは約束されたも同然だと思ったのです。しかし、そんなころ、わたしは伊勢勘十郎が素戔嗚神社で吉乃様に無体を仕掛けているところに行き会いました。

あのおり、ひどくおびえられていた吉乃様を見て、わたしはいずれ妻になるひとなのだ、という思いもあって、吉乃様をお守りいたします、このことは生涯かけて変わりません、と申し上げました。

そして御前試合の日、勘十郎を完膚《かんぷ》無きまでに叩き伏せたのです。

わたしはあの日、勘十郎が吉乃様にしたことが許せませんでした、その思いから勘十郎に怪我《けが》を負わせてしまいました。

そのことで、わたしと吉乃様の縁組はなくなり、三年間の江戸詰の後、国元に戻ると吉乃様は菅様に嫁がれることが決まっておられました。

わたしは落胆いたしましたが、不思議にほっとした思いも抱きました。菅様は立派な方で身分も上士でした。

将来、藩の重職につかれるに違いないのはわかっておりました。平士の身分で人交わりも下手で将来の出世など望めそうにないわたしなどより、菅様の奥方になられた方が吉乃様の幸せだと思いました。

それで、せめてお祝いだけでも申し上げようと祝言《しゅうげん》の席に出させていただきました。そのおり、なぜか犬甘《いぬかい》兵庫様がわたしに声をかけられ、犬甘派に入ることになりました。派閥に入ることなど望みませんでしたが、おかげでわたしは菅様のお屋敷を訪ねることができるようになりました。

吉乃様がお子にも恵まれ、満ちたりた日々を過ごされているのを垣間見《かいまみ》ることはわたしにとって嬉しいことだったのです。それとともにわたしが吉乃様に、

——生涯お守りする

と誓ったことは、無駄ではなかったと思いました。

藩内の情勢が危うくなるにつれ、菅様に危難が及ぼうとしていたからです。菅様をお守りすることは、同時に吉乃様を守ることになる、と思ったわたしは自分の生きがいを

見つけた気がしたのです。

萱様に代わり、烽火台《のろし》に放火しました。さらに、吉乃様から萱様を守って欲しいと言われて、渋田見主膳を殺《あや》め、お役に立てているのだ、と喜びました。

ですが、勘十郎は執拗《しつよう》でした。あくまで吉乃様を苦しめようと、かように捕えることまでしたのです。しかし、それもきょうまでのことです。間もなく、勘十郎に止《とど》めを刺します。

吉乃様はまた、萱様との幸せなお暮しに戻ることができるのです。

新六が言うと、吉乃ははらりと目から涙をこぼした。新六は驚いて、吉乃の顔を見つめた。

「どうされました。まだ案じることがおありですか」

「さようではございません。新六殿の思いをしっかりと受け止めてこなかったわたくしが情けないと思うのです」

新六は微笑した。

「何を言われますか。わたしの勝手な思いを吉乃様が気にされるには及びません」

「いいえ、わたくしには本当はわかっていたのです。素戔嗚神社で救っていただいたおりから、わたくしはいつも、どなたかに守られているのだ、と思って生きてきました。

菅家に嫁いでからも満ち足りた思いでいたのは、この世のどこかでわたくしを守り、見つめてくれる方がいるとわかっていたからです」

「それは、菅様が守ってこられたからでございます」

新六はやさしい表情で告げた。

「旦那様も守ってくださいました。けれど、もっと大きなところで守ってくださる方がいるのだと、わたくしは知っていました。それなのに――」

吉乃は言葉を詰まらせて、涙を袖でぬぐった。

「わたくしは、その方のことを胸の奥に秘めて甘えて参ったのです」

吉乃は新六の目を見つめて、さらに何かを言おうとした。そのとき、新六は唇に手を当てて、しっ、と言った。

縁側からひとの足音が近づいてくる。

「なんじゃ、しっかり見張りを立てておけと言い付けたはずだぞ。庭から眺めているだけで見張りの役が務まると思うのか、馬鹿者め」

勘十郎が苛立《いらだ》たしげに怒鳴りながら部屋の前に立った。勘十郎の大きな黒い影が障子に映った。

新六は片膝を立て、吉乃をかばう姿勢をとった。

# 二十二

勘十郎は、入るぞと声をかけるなり、障子をがらりと開けた。

とたんに勘十郎は目を瞠った。新六が吉乃をかばい片膝立てて抜き打ちができる構えでいたからだ。

「貴様――」

勘十郎は息を呑んで睨《にら》みつけた。

「遅うございましたな。待ちくたびれて出ていこうかと思いましたぞ」

新六が日ごろにない、皮肉な口調で言った。

「わしの命じたことに従わなかったのだな」

勘十郎は憎々しげに言いながら座敷に入った。新六は薄く笑った。

「誰もがあなた様の言うことに従うと思ったら大間違いでござる。おのれの思いでしかひとは動きませんぞ」

言い返す新六を勘十郎は刺すような目で見た。

「そうか。ならば、ここで死んでもらうしかないな」

「さて、そううまくいきますかな」

新六が不敵に言い返すと、勘十郎は庭にいる家士に顔を向けた。

「何をしておる。曲者《くせもの》が忍び込んだぞ。皆を呼べ、討ち取るのだ」

勘十郎に言われて、庭の家士たちが口々に叫んだ。

「出会え、出会え」

「曲者だぞ」

家士の怒鳴り声を聞きながらも新六は表情を変えなかった。

「伊勢様、家士を呼ばれても無駄でござる。それがしには物の数ではないことはご存じのはず」

「わずかな腕前を鼻にかけて、増上慢《ぞうじょうまん》を申すな」

勘十郎はわめきながら退いて縁側に出た。新六はするすると畳の上をすべるように追いすがる。

「おのれ」

勘十郎の顔に恐怖の色が走った。そのまま庭に飛び下りた勘十郎を二人の家士がかばう。他の家士、五、六人が足音を立てて縁側に走り出てきた。

「容赦はいらぬ。そやつを押し包んで斬れ」

勘十郎の声が響いた。その声を圧するように、縁側に出た新六が、

「邪魔立ていたすな。わたしが斬るのは伊勢様だけだ。かばい立てすると命を失うぞ」

と鋭く言い放った。

新六の語気に勘十郎は顔を青ざめさせながらも、刀を抜いた。家士たちも刀を抜き連ねる。庭の家士が、

——曲者

と叫んで、縁側の新六に斬りかかった。さっと血飛沫《ちしぶき》が上がった。新六の抜き打ちで肩先を斬られた家士が悲鳴をあげて仰向けに倒れた。

「おのれ——」

縁側の家士が次々に斬りかかったが、そのつど、新六の刀が稲妻のように光って太腿《ふともも》や脇腹を斬られ庭に転げ落ちた。

新六の剣技の凄《すさ》まじさを見せつけられた家士たちが怖気《おじけ》づいたように、庭に下りて遠巻きにすると、勘十郎がさらにわめいた。

「外へ出て助けを呼んで参れ。狼藉者《ろうぜきもの》が押し入ったと告げるのだ」

勘十郎の言葉を聞いて、ひとりの家士が玄関へ走った。勘十郎はかばうように前に立っていた家士を押しのけた。

「印南、助けがくれば、いかにそなたでも逃げられんぞ。いますぐ立ち去ったらどうだ」

「その前に決着をつけさせていただきたく存ずる」

新六はゆっくりと庭に下りた。その様子をうかがい見つつ、勘十郎は残った家士に、

「よいか。一度にかかって討ち取るのだ。こ奴とて鬼神ではない」

と押し殺した声で言った。家士たちが、おう、と答える。

勘十郎は刀を大上段に振りかぶった。

――死ね
勘十郎の怒号とともに家士たちが同時に斬りかかった。だが、その瞬間、新六はふわりと跳躍した。勘十郎を飛び越えて地面に降り立った。

新六は血を振るって刀を鞘《さや》に納めた。

勘十郎の首筋に赤い筋が走ったかと思うと血が噴き出た。勘十郎は仰向けにどうと倒れた。

「旦那様――」

家士たちが勘十郎を助け起こそうとする隙を突いて、新六は座敷に駆け上がった。立ちすくんでいた吉乃の手をとり、

「こちらへ」

と隣室へ導き、さらに縁側に出て庭に下りると裏門にまわった。

「おのれ、逃がさぬ」

家士たちは騒ぎ立てたが、新六の腕に恐れをなして、追いすがる者はいなかった。新

六は裏門に出ると、木戸を蹴り開けた。

外へ出て懐にしていた雪駄《せった》を取り出して吉乃に履かせた。

「このままお屋敷まで参ります」

新六は吉乃をうながして急ぎ足になった。伊勢屋敷では騒ぎが大きくなっていたが、新六を追ってくる者はいない。

吉乃は新六に手をとられ、懸命に走った。


小宮四郎左衛門たちの一行は昼下がりには、筑前黒崎に入っていた。

黒崎宿は、長崎街道で筑前側の玄関に位置し、上方への渡海船が発着する湊《みなと》を持つ宿場町だった。

九州の諸大名の多くが参勤交代のおりに通る宿場で、諸藩の本陣や脇本陣が設けられている。旅籠《はたご》屋が軒を連ね、福岡藩の関番所や代官所もあった。

小倉藩から出国してきた一行が関を通ろうとすると、福岡藩の役人があわてて止めた。

四郎左衛門の一行は槍《やり》を数十本束ねて家士に運ばせており、見るからに殺気立っていた。

三人の番士が四郎左衛門の馬前に進み出て、

「皆様方はいずこへ参られますか。槍に〈銀の二つ団子〉の印《い》があるのは、小笠原様のご家中とお見受けいたします。されど、かように異なる様で関を通られては、それがしども主人へ申し訳が立ちません」

と緊張した声で言った。これを聞いた一行の中の屈強そうな若侍が、眉を上げて番士を睨みつけた。

「これは面白いことを申す、通せぬとあらば、打ち破って通るまでだぞ」

興奮した声をあげる若侍を制して、四郎左衛門は、

「われらはいかにも小笠原家中の者だ。殿に諫言《かんげん》をいたしたが、お聞き入れなく、却《かえ》って家老を免じられた。それゆえ、やむなく立ち退き、肥後《ひご》へ行き、細川《ほそかわ》様におすがりしようとしておる。福岡城下へは参らず、通り過ぎるだけのことゆえ、通されよ」

と馬上から言った。だが、頑固そうな中年の番士は頭を横に振った。

「たとえ、どのようなご事情であれ、われらとしては、藩に注進いたし、ご家老よりの下知《げち》を仰がねばお通しすることはできませんぞ」

なおも頑強に言い張る番士に苛立った若侍たちが詰め寄ろうとしたとき、小笠原蔵人が番士に馬を乗り寄せて、

「さすが黒田家は大藩じゃ。関番さえ、かほどに主君に忠義をなしておる。われらも感じ入った。それゆえ、この宿場に一両日は滞留いたす。その間に番士殿らは藩に注進されるがよかろう」

と声高に言い放った。これを聞いて三人の番士は跪《ひざまず》いて平伏した。

つる」

「われらの苦衷《くちゅう》をお察しくださり、かたじけなく存じます。ただいまより、注進つかま

番士たちの言葉を聞いて、四郎左衛門は、やれやれという顔になり、馬上で振り向くと、一行の者たちに、

「聞いたであろう。われらはこの宿場に泊まることにあいなったぞ」

と告げた。

こうして、四郎左衛門の一行は黒崎宿に宿泊することになった。宿としたのは本陣の下《しも》ノ関屋《せきや》だった。

下ノ関屋の主人孫七は、時ならぬ大勢の武士が訪れたことに驚きつつも、三百五十八人の一行をすべて泊めて大釜で米を炊き、宿場中の豆腐を買い集めて、食膳を供し、燗《かん》酒《ざけ》まで出した。

一方、番士たちから注進を受けた代官所では城に事態を報《しら》せた。福岡城中では家老たちが協議して、郡代の小川織部《おがわおりべ》に騎馬十騎、足軽六十人をつけて黒崎宿へさしむけることを決めた。

事態が福岡藩まで巻き込みつつあるころ、小倉城下では嶋村十左衛門《しまむらじゅうざえもん》と原与右衛門《はらよえもん》、小笠原監物《けんもつ》ら三人の中老が藩の一大事とあって騎馬で登城した。

十左衛門は四十過ぎだが、かねてから硬骨の士として知られ、出雲にもつかず、旧犬

甘派とも距離を置いていた。

本丸の鉄門《くろがねもん》がなおも閉じられているのを見て十左衛門は、

「家老四人を始め、四百人近くが国を立ち退いてござる。このことを殿に言上するための登城じゃ。門を開けよ」

と叫んだ。すぐに門が開けられると、三人は本丸に入り、忠固が出雲と協議している大広間へと通った。

十左衛門が忠固の御前に進み出て、

「立ち退いた小宮殿たちを追って家中の次男、三男の者たちが相次いで後を追っております。このままでは御家はつぶれかねませんぞ」

と深刻な表情で言い募った。

忠固は苦い顔で言った。

「さようなことはわかっておる。いかがいたせと申すのじゃ」

「さっそくお呼び戻しの使者を遣わされるべきでございます」

「勝手に国を出た者を呼び戻せと申すのか」

嫌な顔をして忠固は中老たちを睨んだ。出雲も苦虫を嚙みつぶしたような顔で黙っている。しかし、十左衛門はめげずに言葉を重ねた。

「さようにございます。ともかく呼び戻されて、処分はそれからのことでございます」

出雲はたまりかねて膝を乗り出した。

「しかし、それでは脱藩の罪が問えなくなる。むしろ彼奴《きやつ》らの申し条を聞き入れなければならなくなるぞ」

脅しつけるように言う出雲を十左衛門は恐れげもなく睨み返した。

「さように悠長なことを言っておるときではありますまい。すでに隣国の福岡藩も、わが藩の騒動を聞いておりましょう。このままに捨て置けば幕府の耳に入ります。まずは小宮様を呼び戻すことが何より肝要でござる」

語気鋭い十左衛門の言葉に出雲も言葉を続けることができなかった。忠固は大きく吐息をついてから、

「わかった。その方らにまかせる。よきように計らえ」

と言ってのけた。十左衛門たち三人の中老は手をつかえ、

「御意のままにつかまつります」

と言上した。

十左衛門はすぐさま大目付の平林弥右衛門《ひらばやしやえもん》と岩崎弥五郎《いわさきやごろう》を呼び寄せて、

「小宮様たちに追いつき、なんとかなだめすかして呼び返すのだ」

と命じた。

平林たちが命を承って退出したとき、出雲のもとに下僚がやってきて、小声で、伊勢

勘十郎が屋敷に押し入った印南新六に斬られて絶命した、と告げた。

「なんだと」

驚いた出雲は、十左衛門たちに聞かれてはまずいと思い、下僚を控えの間に連れていって詳しい話を訊いた。

「なぜ、印南が伊勢を斬らねばならなかったのだ」

「しかとはわかりませんが、伊勢様は菅源太郎殿の妻女を人質にいたして、印南に何かを命じられていたようでございます。されど、印南は命に従わず、却って菅殿の妻女を救いに参った様子で、そのおり、伊勢様と斬り合い、討ち果たした模様でございます」

「そうか――」

勘十郎が、源太郎の妻を捕えて新六に小宮たちを暗殺するよう仕向けたことは出雲も知っていた。しかし、その結果がこのようになるとは思いも寄らないことだった。

「して、印南はいかがいたしたのだ」

出雲は苦い顔で訊いた。

「菅殿の妻女を連れて逐電《ちくてん》いたしたそうでございます。あるいは菅殿の屋敷に向かったのかもしれません。追手を差し向けますするか」

下僚の言葉に出雲はゆるやかに首を振った。

「いや、それにはおよばぬ」

下僚は怪訝《けげん》そうな目を出雲に向けた。出雲は苛立たしげに言った。

「わからぬか。家中はいま、ただならぬ騒動の中におる。その際に上士の伊勢勘十郎が平侍の印南に斬られたとあっては、激昂する者が出て収まりがつかぬ。伊勢の家にしても勘十郎が平侍に斬られたとあっては家名に傷がつくと案じておろう。伊勢は病死じゃと、すぐに届けを出させよ」

はっ、と下僚は平伏した。出雲はさらに言い重ねる。

「菅の屋敷には見張りをつけよ。もし、印南が屋敷を出たならば、そのおりは捕えよ。ただし、中老たちには報せるな。わしのもとに直《じか》に連れて参るのだ」

出雲の命を受けて下僚はあわただしく部屋を出ていった。

ひとり残った出雲は、腕を組んで考え込んだ。

(伊勢め、しくじりおって)

勘十郎が小宮たちを暗殺するどころか逆に斬られてしまったことが腹立たしかった。

それにしても印南新六が勘十郎を斬るほど大胆な男だとは思わなかっただけに、これからの動きが不気味だった。

「奴め、何をしようとしておるのか」

出雲は思わず独り言《ご》ちた。

# 二十三

この日の夕刻、平林弥右衛門と岩崎弥五郎は早馬で黒崎宿に達した。

しかし、宿場の入り口には方円斎や順太ら旧犬甘派の面々、十数人が立ち並んで警戒していた。

方円斎と順太は新六が小宮屋敷を出ると、間もなく小宮たちの後を追ったのだ。新六が戻ってくるとは思っていなかった。

騎馬が近づくのを見て、方円斎が大声を発した。

「宿場に馬を乗り入れようといたすのは何者か。われらは小宮様の命により、警戒にあたっておる。無理に押し通ろうとするなら、ただではおかんぞ」

平林弥右衛門は馬から下りると、丁重に声をかけた。

「われらは、嶋村十左衛門様始め、中老方の命により、小宮様始め御一同の方々に申し入れることがあって罷《まか》り越した。お通しありたい」

弥右衛門の丁寧な挨拶に苦笑した方円斎は下ノ関屋にひとを走らせ、小宮たちの意向をうかがわせた。四郎左衛門からは、すぐに、

「苦しからず。本陣へ通せ」

との指示が来た。

順太が弥右衛門たちに付き添って本陣に向かうと、方円斎はなおも宿場の入り口で警戒を続けた。

西の空が夕焼けに赤く染まっている。新六はいまごろ、どうしているだろうか、と方円斎は思った。


本陣に入った大目付ふたりは小宮四郎左衛門と伊藤六郎兵衛、小笠原蔵人、二木勘右衛門が対面した。

「嶋村様始めご中老方は、皆様がこのまま国を立ち退かれたならば、主家の断絶、滅亡につながると案じておられます。なにとぞ早々にお戻りになり、国政を正されますようにとのことでございます」

中老たちが、仲介に乗り出したと聞いて四郎左衛門は考える顔つきになった。

「さように申すが、われらは出雲の行いが国を危うくすると思えばこそ、殿に諫言をいたして参った。それなのに、鉄門を閉じられ、出仕も許されなくなったゆえ、やむなく出国をいたしたのだ。いまさら、後へ退くことはできぬ。このことをしかと十左衛門たちに伝えてくれ」

四郎左衛門の言葉のうちには、中老たちの仲介をむげに拒む気配はなかった。

ふたりの大目付はなおも、城へ戻るよう説得した。だが、四郎左衛門たちの傍らに控えた与市が、気を昂《たか》ぶらせた様子で、

「もし、小宮様たちにお戻りいただきたいのなら、君側《くんそく》の奸《かん》である小笠原出雲を罷免されてからのことではありませんか。そうでなければ話になりませんぞ」

と言い募るのを聞いて、大目付たちはうんざりした顔になった。

忠固が気に入りの家老である出雲を辞めさせるとは、とても思えなかったからだ。四郎左衛門もまた、にやにや笑って、

「上原の申すことが理にかなっておる。出雲が罷免されたと聞けばわれらはすぐにでも戻るであろう」

と言い放った。

大目付たちは諦めて、いったん、小倉へと戻った。一度の説得に応じて、四郎左衛門たちが戻ることはない、と見切ったのだ。しかし、騎乗した大目付たちは、

「ともあれ、小宮様は門前払いせず、われらの話を聞いたのだ。脈があると見てよいのではないか」

と話し合った。大目付たちが宿場を立ち去り、城へ戻る後ろ姿を見ながら、与市が方円斎に囁《ささや》いた。

「これで、城方も説得は諦めたでしょう。次に来るのは討手でしょうな」

どことなく嬉しげな与市に方円斎はつめたい視線を向けた。

「さて、そうだとは限らぬが、備えはいたさねばな」

方円斎は入り口を警備する者たちに槍を持たせ、篝火《かがりび》を焚かせた。もはや、寝るつもりはなく、徹夜で城方の討手に備えるつもりだった。

方円斎がしだいに警備を厳重にしていることは本陣の四郎左衛門たちにも伝わり、緊張が高まった。

早馬で城中に戻った大目付たちは、

「われらの説得だけではだめでございます。再度、使者をお遣わしください」

と報告した。十左衛門は大目付たちの労をねぎらうとともに、次の使者の人選にはいった。

選ばれたのは馬廻《うままわ》り役のうちでも、特に弁口《べんこう》達者と見なされている、宮本宣《わたる》と原与治兵衛《よじべえ》、高田八兵衛《はちべえ》、三沢《みさわ》佐右衛門《さえもん》の四人だった。

四人は騎馬で城から出発した。すでに夜が更けようとしていた。

黒崎宿に四人が到着したとき、宿場の入り口には篝火が赤々と焚かれ、方円斎たち十数人が槍を手に警戒していた。

篝火の灯りに槍の白い穂先が光った。馬廻り役の四人は、馬を下りると、警戒する方円斎たちの間を緊張した面持ちで通り過ぎた。

四人の中のひとり、高田八兵衛は宝蔵院流の槍の名手として知られているだけに、警固の者たちの槍をじろじろと見てから、顔見知りの方円斎に声をかけた。

「さても殺気だっておるな。これでひと晩、持つのか」

方円斎はにやりと笑った。

「戦陣となれば、気合いが入りましょう」

八兵衛は、なるほどな、と笑って、ほかの馬廻り役に続いた。

四人が本陣に入ろうとすると玄関先に出ていた与市が声をかけた。

「何度、話に来られても無駄でござる。小宮様たちにお戻りいただくには、小笠原出雲の首を差し出されるしかございませんぞ」

と言い放った。八兵衛が、ゆっくり与市に近づいた。

「儒者風情が、荒々しいことを申すな。命のやり取りの場になれば、口舌など役に立たぬのを知らぬか」

八兵衛に決めつけられて青ざめた与市は口を閉じて後退《あとじさ》りした。

奥座敷に通された四人は一刻《いっとき》（約二時間）ほど、さまざまに弁じたが、四郎左衛門は首を縦に振ろうとはしない。

「そなたたちの言うことはもっともなようだが、それはわれらが国を出る前のことだ。いったんこうなったからには、われらも命を賭けておるのだ。いくら説かれようとも言葉だけで、おめおめと戻るわけにはいかぬ」

四郎左衛門はあくまで出雲の処分を求めて譲らなかった。

深更になって、四人の馬廻り役は引き揚げることにした。宿場の入り口で相変わらず槍を連ねて警戒する方円斎たちに行き会った八兵衛は、方円斎を見つけて、またもや声をかけた。

「小宮様たちはなかなか折れてくださらぬ。このまま行けば、われらが討手を引き受けることになろう。そのおりはその方らわしの槍の錆《さび》にしてくれるぞ」

八兵衛の言葉に方円斎は莞爾《かんじ》として笑った。

「望むところでござる。存分におかかりください」

八兵衛は苦笑いして馬腹を蹴った。

馬廻り役の四人の騎馬は馬蹄《ばてい》の音を響かせて暗闇の中を遠ざかっていく。すると、入れ替わるようにして徒歩《かち》の男が宿場に近づいてきた。

篝火に照らされた男の顔を見て、順太が驚きの声をあげた。

「印南、戻ってきたのか」

新六は方円斎と順太に近づき、頭を下げた。

「遅くなり、申し訳ございません。印南新六、ただいま追いつきましてございます」

方円斎は黙って新六の顔を見つめた。

いつの間にか月が昇っていた。

## 二十四

伊勢勘十郎を斬った新六は吉乃を菅屋敷に送り届けた。勘十郎に連れていかれたままになっていた吉乃が戻ったのを見て千代太は歓声をあげた。

奥座敷で新六殿が助けだしてくれたのだ、と吉乃が告げると千代太はあらたまった様子で、

「印南様、ありがとうございます」

と大人びた口調で礼を言った。新六は戸惑った表情で、

「いや、さほどのことではありませんから」

と答えたが、千代太から尊敬のまなざしで見られて嬉しげだった。

新六はそのまま、しばらく屋敷に留まって追手を警戒したが、時がたっても門前に人影は現れなかった。

「いかなることでしょうか」

「さて、わかりませぬが。いま、家中はふたつに割れた騒動の最中ですから、わたしのことなどかまっている暇はないのかもしれません」

新六は考えをめぐらしながら言った。

「されど、伊勢様を殺めたからには、このままにはすみますまい」

吉乃はため息をついた。

「それゆえ、わたしは小宮様の一行を追って、国を出ます。今後、伊勢勘十郎のことで、吉乃様にお咎《とが》めがあるようなときは、わたしが無理やり、伊勢屋敷から吉乃様を連れ出したのだと申されてください」

「それでは、あまりに申し訳がございません。わたくしは新六殿が助けてくれたのだとはっきり言おうと存じます」

新六はゆっくりと頭を振った。

「吉乃様のお気持は嬉しいですが、それではお助けいたしたことが、却って仇《あだ》になり、わたしは辛《つろ》うございます。なにとぞ、わたしが申し上げたようになすってください」

「それでも、わたくしは新六殿にまた家中に戻っていただきたいと思います」

吉乃は思いをこめて新六を見つめた。

源太郎の妻であるからには、新六の思いに応えることはできないが、せめて身近なところで生涯を見届けたいと思っていた。

「さて、そうはなりますまい。小宮様たちは肥後の細川家を頼られるおつもりかと存じます。わたしもともに肥後へ参り、その後は一介の浪人となる所存です」

「では、まことにお家を離れられるおつもりですか」

「武家暮らしは窮屈です。自らの思うようには、とても生きられません。藩を離れれば、新しい生き方もできるかもしれませんから」

新六は微笑んで言った。

「新六殿の新しい生き方――」

それが新六のためには、もっともよいのかもしれない、と吉乃は思った。小倉藩内の争いはどこで収拾がつくのかもわからず、あるいはこの先、何年も家中は憎悪に満ちて復讐《ふくしゅう》や裏切りが繰り返されていくかもしれない。

夢想願流の秀でた腕前を持つ新六が、そんな家中に留まれば、必ず、どちらかの派閥から利用され、思わぬ修羅の道を行くことになるだろう。

そんな生き方は新六にふさわしくない。だとすれば、新六が他国に出て浪人となることは喜ぶべきことなのだ。

吉乃はそう考えつつも、もはや、新六と会うことができなくなるのか、と思うとひどく寂しい心持ちがした。

いや、寂しさというだけでなく、いつも身近でひそかに自分を思い、守ってくれたひとがいなくなる、という耐え難いほどのせつなさだった。

このまま、新六と別れれば生涯、会うことはないだろう。

(わたくしは何か言わなければならないことがあるのではないだろうか)

吉乃は胸中に何かが湧き上がるのを感じた。そして、千代太に、しばらく自分の部屋に行っているよう、うながした。

千代太は驚いたように吉乃を見たが、素直に部屋を出ていった。

吉乃はあらためて、新六の前に座った。手をのばせばふれることができるほどの近さだった。新六はなんとなく身じろぎして離れようとした。しかし、吉乃はその前に言葉を発した。

「新六殿、わたくしにはお話しいたさねばならないことがあるように思います」

「さて、どのようなことでございましょうか」

新六は助けを求めるようにまわりを見まわしたが、女中や下僕は、近くにはいないようだった。

「お話しいたさねばならないのは、わたくしの心の内でございます」

吉乃はまっすぐに新六を見つめた。

新六は、はあ、と間の抜けた返事をしつつ、目を泳がせた。

「わたくしは父母に言われて、菅の家に嫁ぎ、源太郎様に妻として仕えて参りました。女人《にょにん》の生き方はそのようなものだ、と思い、疑いを抱いたことはありませんでした。ただ、ひとつだけ心にかかることがございました。それは、祝言《しゅうげん》の夜、新六殿が江戸から戻られるのが遅すぎた、と悲しく思ったことです」

「戻るのが遅すぎた？」

新六は首をかしげて、吉乃を見つめた。

「はい、わたくしは、なぜか新六殿が毎年、軒先にやってきて巣をかける燕《つばめ》に似ているように思えました。燕の姿を見ないと寂しい。そんな思いがいたしたのです。わたくしは伊勢勘十郎に無体な真似《まね》をされたところを新六殿に救われ、思い出すのはいつも軒先を飛ぶ燕のような懐かしい新六殿のお姿でした」

吉乃の言葉には懐かしさが籠っていた。

「それは、嬉しいことでございます。わたしにとって吉乃様のお屋敷は燕の巣にございました。戻れば温かくいつもわたしを包んでくれました。その思いがこれまでわたしが生きてこられた縁《よすが》でした」

新六は微笑んだ。

「わたくしはまことは、新六殿に救われたことを思い、なぜ新六殿が助けてくれたのであろう、なぜ、わたくしは新六殿にいつも親しい心持ちを抱けたのだろうと自分に問わねばならなかったのです。そうすれば、わたくしは自分の中にある新六殿への思いに気づいていたはずです。いまはそのことを悔いております」

吉乃は目を伏せた。新六はあわてて手を振って、吉乃を制した。

「滅相もないことを言われます。吉乃様は囚われていた伊勢屋敷を出られて、心が揺れておられるのです。だから、さような思い過ごしをされますが、吉乃様は、お人柄にふさわしい道のりを歩いてこられました。悔いられることなどあるはずがございません」

新六は力を込めて言った。

「いいえ、わたくしはいまほど、自分の心が見えたことはございません。ひとの妻として言ってはならぬことではありますけれど、心を偽りたくはありません。わたくしは昔から新六殿をお慕いしていたのです」

新六ははっとして、うつむいた。膝に目から涙が滴《したた》った。新六は手をつかえ、頭を下げた。

「お優しい言葉をいただき、ありがとうございます。国を出なければならない、わたしのために餞別《せんべつ》として言っていただいたとわかっております。いまのお言葉だけで、わたしの生涯は幸せであったと顧みることができます」

吉乃は新六ににじりよった。新六が畳につかえた右手にそっと手を重ねた。

「新六殿はわたくしのために命を賭してくださいました。わたくしも新六殿の思いに応えるため、命を賭ける覚悟ができました」

新六は吉乃に手を重ねられて、震えた。

しばらく、じっとしていたが、ふと、新六は顔を上げた。赤く泣きはらした目で吉乃を見つめた新六は白い歯を見せて笑った。

「もったいのうございます。それがしには、吉乃様が命を賭けられるほどの値打ちはございません」

言うなり、新六は後退り、縁側に面した障子を開けた。

「新六殿——」

吉乃が呼びかけるが、新六はさっと頭を下げ、

「もはやお別れいたさねばなりません。吉乃様のお言葉、新六は死んでも忘れはいたしません」

——ご免
と言い置くと、縁側にするすると出た。

ひと声発した新六は、すでに夕闇が迫っていた庭に飛び降りた。背を向けて築地塀《ついじべい》に向かって走り、ひらりと跳び上がった。築地塀の上で様子をうかがった新六が飛び降りると、

「いたぞ」

「印南新六だ」

「捕えろ」

屋敷を見張っていた藩士の声があがった。しかし、新六の走り去る足音とともに、藩

士たちのうめき声が聞こえてきた。

新六を取り押さえようとした者が斬られたのだろう。

吉乃は縁側に出て新六が逃げた方角に目を遣《や》った。これが新六との生涯の別れになるのだ、と思った。

外の騒ぎを聞きつけたらしい千代太が縁側を走ってきた。

「母上、印南様はいかがされました」

千代太に訊かれて、吉乃は目に涙を浮かべながら答えた。

「もう行ってしまわれました」

「戻ってはこられないのですか」

千代太に訊かれて、吉乃は頭を振った。

「戻ってはこられないでしょう。でも、わたくしは、あの方に戻ってきてほしいと願っています」

たとえ、何十年先であってもいい、新六が戻ってきてくれたら、どれほど嬉しいことか、と思いながらも、吉乃の目から涙は止まらなかった。

# 二十五

菅屋敷から出た新六は小宮たちの一行に追いつこうと懸命に走った。すでに日が落ちて暗くなっていたが、夜空に月があった。

城下の辻《つじ》には脱藩する者を警戒して藩士が見張っていた。

新六は闇の中を風のように動いて、見張りの目をすり抜けていった。しかし、国境《くにざかい》にさしかかったとき、関所は日ごろになく十数人の藩士で守られていた。いずれも鉢巻をして襷《たすき》がけで袴《はかま》の股立《ももだ》ちを取り、槍を手にしている。

新六が駆け寄っていくと、

「何者だ」

番士が誰何《すいか》した。

新六が無言で走り抜けようとすると、藩士たちは槍を構えた。

「脱藩いたす気だな。通さんぞ」

「おとなしく、それへ直れ」

藩士たちは口々に叫んだ。新六は一瞬、足を止めたが、藩士たちを見まわして、

「邪魔いたすな」

とひと声叫んで、宙へ跳んだ。

あっと驚いた藩士たちが槍で突きかかろうとしたが、月光に黒く浮かび上がった新六が空中で刀を振るうと槍の柄が両断されて、穂先がばらばらと地面に落ちた。

地面に降り立った新六はそのまま走り去っていく。

藩士たちの目には、新六の姿がまるで魔物が走るように見えた。

こうして、新六は黒崎宿までたどりついたのだ。

方円斎はじっと新六を見つめていたが、

「印南殿、到着したことを鬼角様にお伝えせねばなるまい」

とうながした。

方円斎は本陣に入るまで、無言のままだった。新六には順太が付き添った。

本陣で方円斎が小笠原鬼角に報告がござる、と藩士に言うと、間もなく鬼角が出てきた。鬼角は、新六を見て、

「そなた、来たのか」

とひと言だけ口にした。新六は土間に跪き、

「お供の列にお加えください」

と言った。鬼角は苦い顔で答えた。

「供するのはかまわぬが、すべては明日の朝、決まるぞ」

方円斎が鬼角に鋭い目を向けた。

「明朝、討手が参りますか」

鬼角は頭を横に振った。

「それはわからぬ。大目付だけでなく、馬廻り役の使者まで追い返したのだ。殿は憤られて討手を向けるやもしれぬ。それとも、幕府への聞こえを恐れて、三度目の使者を送ってくるかどうかだ」

順太が身を乗り出して訊いた。

「三度目の使者が参れば、小宮様たちは城下へお戻りになられるのでしょうか」

「さて、それもわからぬ。だが、黒崎宿から先へ行こうとしても、福岡藩が押し止めるやもしれぬ。福岡藩と戦うことになっては、もはやまことの合戦沙汰ということになる」

それゆえ、どうなるかは朝までわからぬのだ、と言った鬼角はあらためて新六に目を向けた。

「それにしても、お主はなぜ、われらを追ってきたのだ。どうなるにせよ、よいことはないぞ」

鬼角に言われて新六は顔を上げた。

「いいえ、それがしにはよいことがあり申した。これにて十分でございます。後は運命に従うのみでございます」

鬼角は睨むように新六を見つめた。

「生きて、小倉城下には帰らぬつもりか」

「もはや、帰ろうとは思いません。大切なものを得ましたゆえ」

新六はきっぱりと答えた。

「ほう、それは何だ」

鬼角が訊くと、方円斎と順太は興味深げに新六の答えを待った。

「燕の巣にございます」

新六は微笑んでつぶやいた。


翌日の未明——

嶋村十左衛門と小笠原監物は小倉城から騎馬で黒崎宿に出立した。

昨夜、馬廻り役の四人が説得に失敗して戻ると、十左衛門と監物は、

「もはや、猶予はなりません」

と忠固を説いた。

出雲も形勢が不利と見て、自ら屋敷に籠って謹慎した。忠固はあらためてふたりに、小宮たちの扱いをまかせた。

十左衛門と監物は黒崎宿に着くと、本陣で小宮たちと対面し、いかなる望みでも聞くから城下へ戻るよう説いた。

小宮四郎左衛門たちは、出国した者のうち主だった者を本陣の広間に集めて十左衛門たちが示した条件について話した。

すると与市が頬を紅潮させ、

「出雲に切腹を仰せつけられたならば、帰国すべしとお答えになるべきでございます。もし、出雲を生かしたまま、帰国いたせば、どこで話が変わるかわかりませんぞ」

と声を大にして述べた。他の者たちもこれに同意する意見が相次いだ。

このため小宮四郎左衛門と伊藤六郎兵衛、小笠原蔵人、二木勘右衛門の四人はあらためて十左衛門と監物に、

「出雲に腹を切らせるとお約束いただけるなら帰国いたす」

と答えた。十左衛門と監物は顔を見合わせたが、しばらくして十左衛門が、

「よろしかろう、承った」

と答えた。そして、殿のお許しを得て参ると小倉へ戻っていった。

これを聞いて、出国した者たちは喜びに沸き返った。与市は涙を流しながら、

「これにて正義が行われるぞ」

と言った。ひとびとの喧騒《けんそう》の中で新六はひっそりと部屋の片隅に座っていた。

方円斎が傍らに来て座ると、

「どうやら、わが方の勝ちになったようだぞ」

と声をかけた。新六は頭を振って答えた。

「たとえ、派閥の争いに勝っても、その間になしたことが許されるわけではございますまい」

「そうか。いずれ、皆、咎めを受けるか」

方円斎は笑った。

「生きていれば、皆、罪を犯し、咎められるのでございましょう。それゆえにこそ、いつかは命を終えねばなりません」

新六は淡々と話した。

「死ねば罪は消えると思うか」

方円斎は新六を真剣な眼差《まなざ》しで見つめた。新六は笑みを浮かべた。

「わかりませぬ」

「お主にわからぬなら、わしにもわかりようがないな」

方円斎はからりと笑って立ち上がった。

「お主は清く生きようとしすぎる。ひとはどれほど汚れて生きてもよい生き物だとは思わぬか」

背中を向けて方円斎は問うた。

「思うております。天から降る穢《けが》れなき雪も地に落ちれば泥になります。されど、落ちるまでの美しさはひとの心を慰めます」

新六はさりげなく答えた。

「落ちるまでの美しさか」

方円斎はふふ、と笑って部屋を出ていった。


黒崎宿で小宮たちが待っていると、忠固直筆の、

——出雲を閉門させたゆえ、各々、帰国いたし、政道を正すべし

という書状が届いた。出雲はまだ切腹してはいないようだが、大勢は決したと小宮たちは帰国を決めた。

翌日の十一月十八日未明、出国者たちは小倉城下へ戻るべく下ノ関屋を出発した。このとき、新六は体調が悪いとして駕籠《かご》を頼んだ。これを聞いた鬼角は何も言わずに許した。

一行が黒崎宿を出て、小倉城下の入り口にさしかかったとき、新六は駕籠の中で腹を十文字に切って絶命した。

駕籠脇を歩いていた方円斎は駕籠から血が滴るのを見つめたが、黙《もだ》したまま、歩き続

けた。一行が小倉城下に入ると、新六の乗った駕籠はそのまま新六の屋敷に向かった。

駕籠が止められたとき、門前で待ち受けていた女人が走り寄った。

吉乃だった。

風花が舞う日のことだった。


小倉藩で起きたこの一連のできごとを「白黒騒動」と呼ぶ。

小倉城に残った一派が、白（城）組、黒崎宿に行った一派は黒組とされた。

「白黒騒動」は小笠原出雲が閉門させられ、出国した重臣たちが返り咲いて決着したかに見えた。だが、翌文化十二年（一八一五）になって騒動は幕府の知るところとなり、藩主忠固に対して、

——思慮なき取り計らい
として百日の逼塞《ひっそく》が命じられ、小宮四郎左衛門始め四人の家老たちにも解職や蟄居《ちっきょ》、その他の出国者にも相応の処分があった。

しかし、「白黒騒動」はこれだけで終わらなかった。三年後の文政元年（一八一八）、出雲の嫡男《ちゃくなん》小笠原帯刀《たてわき》が藩内で勢力を得て、二木勘右衛門の家督を継いだ二木左次馬《さじま》と対立し、両派の争いが再燃した。

翌文政二年、左次馬とともに帯刀が家老となると、かつての「白組」が復権して主流

派となった。この結果、「白黒騒動」についてもあらためて詮議が行われた。

霧ヶ岳の烽火台《のろし》への放火や渋田見主膳の暗殺に関わったとされる者たちが、次々獄門、打ち首や減知、蟄居、隠居などの処罰を受け、二木左次馬も牢内で死罪となった。中でも騒動を唆したと見られた上原与市は火炙《ひあぶ》りの極刑に処された。

これらの政争の中、菅源太郎は、「白黒騒動」の際、城下での騒擾《そうじょう》を防ごうとした功が認められて、江戸藩邸用人として江戸詰《づめ》となった。


吉乃は国元に残り、千代太を育てる日々を過ごしたが、月命日には新六の墓参りを欠かさなかった。

祥月命日の墓参りのおりには、なぜか風花が舞った。吉乃とともに墓参りに訪れた千代太は空を見上げて、

「印南の小父《おじ》様が来ておられますね」

と、つぶやいた。雲の切れ間から青空がのぞく冬の天から舞い落ちる風花は、藩の政争に巻き込まれながらも汚れることのなかった新六のようだった。

——新六殿
吉乃は胸の中で新六の名を呼びながら佇《たたず》んで、いつまでも風花を見つめるのだった。

# 解説

今川英子

読書の愉楽とは人によって様々であろう。筆者の場合は詰まるところ、読み了《お》えたくないと思いつつとうとう最終行に至り、そっと静かにページを閉じて、いのちの高揚を覚えながらしばらく物語の余韻に浸る、その至福のひとときに尽きる。

葉室作品はそれを裏切らない。しかも登場人物の凜《りん》とした佇《たたず》まいに刺激されて、自らも背筋が伸び、大切なことを思い出させてくれる。少し、人間がよくなったように思う。

この小説も作者のメインテーマの一つ、「人の美しさは覚悟と心映え」という生きる上での「心意気」を深化させた、純愛物語の傑作といえよう。

作者は、江戸時代後期に小倉藩《こくらはん》で起きた藩内抗争「白黒騒動」に関する資料を渉猟し、そこに新たに造形した登場人物をダイナミックに絡ませ、「人を想う」ということの永遠のテーマを深く私たちに突きつける。

舞台の「白黒騒動」は諸々の古文書に記録されているが、それらを検証考察して、『北九州市史　近世』（一九九〇・一二　北九州市）では概《おおむ》ね次のように述べられる。

小倉藩十五万石五代藩主小笠原忠苗《おがさわらただみつ》の時代、安永六（一七七七）年に家老職に就いた犬甘兵庫《いぬかいひょうご》は、積極的に藩の財政改革を行い蓄財に至るが農民は困窮、享和三（一八〇三）年、一揆寸前の事態が起きたことからその責任を問われ、幽閉され死去した。代わって藩の実権を握ったのは小笠原出雲《いずも》である。翌文化元年、忠苗は隠居、養子の忠固《ただかた》が六代目藩主となる（〜天保十四〈一八四三〉年）。忠固は文化八（一八一一）年、幕府から十二次朝鮮使節来朝での上使に任ぜられ、対馬《つしま》にてその任を果たし侍従に昇進。さらに老中職への野望に向けて猟官運動に邁進《まいしん》する。これが「文化の変（白黒騒動）」の発端といわれる。

筆頭家老小笠原出雲は反対ではあったがやむなく猟官運動に奔走。幕閣への多額の贈賄により藩費は底を突き領民も疲弊。儒学者の上原与市《うえはらよいち》は、家老の二木勘右衛門《ふたつぎかんえもん》、小笠原蔵人《おがさわらくらんど》、伊藤六郎兵衛《いとうろくろうべえ》、小宮四郎左衛門《こみやしろうざえもん》を説いて出雲と対立せしめ、藩中は二派に分裂。

文化十年から翌年にかけて、城下に忠固の悪口を書いた落書が立ち、長崎奉行衆が領内を通過した際には忠固の非を訴える落とし文があり、また理由なく足立山から狼煙《のろし》が上がるなど一連の騒動が生じ、城下は騒然としはじめる。

江戸での猟官運動に国元の四家老が反対のため、忠固は出雲に近い渋田見主膳《しぶたみしゅぜん》を中老に昇格させるが暗殺される。出雲は忠固とはかり十一月十六日早朝、四家老に自宅謹慎を命じ、城の鉄御門《くろがねごもん》を閉鎖する。登城を許されない四家老や家臣八十余人（家臣の四分の一）、その同志たち総勢三百五十余人は筑前領黒崎に出国。これにより城にいるものを「白組」、黒崎に立ち退いたものを「黒組」といい、「白黒騒動」と名付けられた。

中老たちは忠固に諫言し、出雲閉門を条件に四家老を説得、総勢は十八日に帰国した（この時黒組の長坂源兵衛《ながさかげんべえ》が遺書を残して切腹）。黒組は出雲ら主流派を排斥することに成功したが、幕府に知られることとなり、翌年、藩主忠固は逼塞《ひっそく》百日、四家老と出国した他のものたちにも相応の処断が行われた。幕府の介入によっても両派の確執は収まらず、忠固は文政二（一八一九）年、両派の仲立ちをした中老たちを罷免、蟄居《ちっきょ》、隠居とし主流派は復権。翌三年には渋田見主膳暗殺や狼煙騒動の犯人が挙げられ、反主流派は上原与市も含め九月三日に処罰され粛清が断行された。派閥による藩抗争はこの後も深刻化し、幕末における藩論統一の妨げともなり、小倉藩の衰退につながったともいわれる。

物語の時間は、享和三（一八〇三）年正月五日から文化十一（一八一四）年十一月十八日までのほぼ十一年間。書き出しはラストの十一月十八日のシーンからである。

白黒騒動で出国組が帰国する中、勘定方印南新六《かんじょうがたいんなみしんろく》の屋敷の門前に新六を乗せた駕籠《かご》が着く。待っているのは菅源太郎《すがげんたろう》の妻吉乃《きちの》。新六は切腹し、脇差を握りしめたまま事切れていた。新六の襟に差してある書状には、「一旦出国致し主君を後にして何の面目有て再び君へ顔を合はす期を知らず、依て切腹候也《そうろうなり》」とある。新六の微笑《ほほえ》んでいるかのような穏やかな死顔に、吉乃は、「わたしは今生《こんじょう》ではあなたと添えませんでしたが、来生《らいしょう》では必ず、あなたのもとへ参ります」とつぶやく。澄み切った青空を白雪が舞う。それは新六の清冽《せいれつ》な生き方の最期にもっともふさわしい風花《かざはな》であった。

物語のはじまりはこれより十一年前、風花が舞う享和三年正月五日、吉乃と小笠原家側用人禄高七百石の菅三左衛門《さんざえもん》の嫡男源太郎との祝言からである。勘定方百石の新六は三年の江戸詰から帰国し、吉乃の親戚として席に連なっていた。そこに家老犬甘兵庫が列席、反対派の小笠原出雲派と思われている新六だが、犬甘が新六に杯をとらせたことから、源太郎の屋敷での犬甘派の会合に加わることになる。

新六の江戸詰には、事情があった。

実家が火事で焼失したために書院番頭三百石の親戚筋、杉坂監物《すぎさかけんもつ》の屋敷に寄寓していた新六は、杉坂の娘吉乃が酒に酔った屈強な若者に乱暴されそうになるところを救う。若者は小笠原出雲の片腕、伊勢平右衛門《いせへいえもん》の嫡男勘十郎《かんじゅうろう》であった。おびえる吉乃に新六は、「ご安心ください。わたしが吉乃様をお守りいたしますから」「このことは生涯かけて変わりませんぞ」とささやく。その後の御前試合で、夢想願流《むそうがんりゅう》の遣い手である新六は、勘十郎の木刀を撥《は》ね飛ばし怪我をさせてしまう。このために新六は江戸に追いやられ、吉乃には知らされていなかった婚礼の話もなくなる。

新六が叔父から習得した夢想願流の祖は松林左馬助《まつばやしさまのすけ》と言い、秘技「足鐔《そくたん》」は、「蝙蝠《こうもり》が飛翔するごとき至妙の技なり」と将軍家光《いえみつ》に褒め称えられ、後に「蝙也斎《へんやさい》」と名乗った。当時小倉は、宮本武蔵《みやもとむさし》の養子伊織《いおり》が小笠原家に仕えたことから二天流《にてんりゅう》が盛んで、夢想願流は知られていない剣技であった。「足鐔」の技を見た吉乃の息子千代太《ちよた》の、「蝙蝠のように見えた」という無邪気な言葉に、「蝙蝠」のような剣技と両派閥に利用され翻弄される新六がまるで符合するかのようで、読者を不穏にさせる。

新六は、寡黙で風貌も地味、凡庸な様子から軽んじられ、侮《あなど》れやすく、にもかかわらず剣の遣い手であることがかえって周囲を苛立《いらだ》たせる。新六自身も、疎んじられ、目障りに思われる自分に気付いているが、「どれだけ努力しても、力があっても、ひとに受け入れてもらえない、めぐり合わせの者はいる」と諦めていたとき、親しげに笑いかけ話しかけてくれる吉乃と出会い、初めて満ち足りた幸せな想いを抱いたのである。

作者は、かつて『いのちなりけり』を書いたときに、『シラノ・ド・ベルジュラック』が好きで、「秘めた恋」を書きたかったと語った。醜い容貌に悩むシラノは従妹のロクサーヌに恋焦がれているが、彼女はシラノに見向きもしない。それでもシラノはロクサーヌの恋が成就するように献身的に尽くし、彼女への思いを秘めたままに死ぬ間際、初めてロクサーヌはシラノの想いに気がつく。まさに新六は葉室版シラノではないか。作者は小倉育ちで、『無法松の一生』の秘めた恋が刷り込まれているのかもしれないとも語っている。事実『無法松の一生』（原題は『富島松五郎伝』）を書いた岩下俊作は、

『シラノ・ド・ベルジュラック』を読んで影響を受けたことを日記に綴《つづ》っている。生涯を賭けて一人の想う女人を守る男の小説は、日本の近代文学史上初めてであろう。

組織の駒でしかない新六は派閥の狭間で翻弄されるが、しかし自らの行動を律するのは吉乃への想いであり吉乃を守ることである。「人を想う」とは、想い人が幸福であることへの祈りであり、そのためには見返りを求めず全身全霊をかけて尽くすことであろうか。吉乃の夫源太郎の身替わりになって狼煙を上げたのも、渋田見主膳を暗殺したのもそのためであった。

一方、吉乃は新六の想いをどのように受け止めたか。

源太郎を助けるように頼むことは、どこかで酷いことなのかもと思うが、「夫が無事、戻りましたなら、わたくしにできますことなら、どのようなことにてもさせていただく覚悟でございます」という言葉が、どれほど残酷に響くかなど気付いていない。読者は、聡明だが男女の機微に疎い吉乃の身勝手さと甘えにうんざりするところであるが、兄の秀五郎《ひでごろう》は、「印南殿の想いを利用したことになる」と厳しく指弾する。

危ういところを新六によって何度も助けられる源太郎は、新六の吉乃への想いに気付き、「ひとはそれほどまでに、誰かに想いをかけることができるのだろうか」と顧みる。吉乃を妻として息子の母として愛おしむことはできても、先祖代々の家を保っていかなければならない武士として、「印南殿のようには生きられない」と思う。

後半、源太郎が藩のためと言い訳しつつ同志を裏切る行為に出ようとするとき、吉乃は、せめて妻子への思いに引かれてであったならと悲しむ。そんな源太郎の命を助けるために、新六が自らの恥を顧みずに勘十郎に命乞いをしたことを知るや、初めて新六の心の真実を悟る。

「わたくしは昔から新六殿をお慕いしていたのです」「新六殿の思いに応えるため、命を賭ける覚悟ができました」と、ようやく新六の想いを全身で受け止め、新六は至福の思いで莞爾《かんじ》として死に臨むのである。

ところで葉室作品に多く描かれる藩内抗争では、凡《およ》そ重臣が全き悪人として描かれない。本書でも派閥の首領、小笠原出雲や犬甘兵庫は清廉ではないが、「政《まつりごと》と申すは悪人の仕事」「何事も強引に推し進め、ひとの誹《そし》りを意に介さぬ。さようなひとでなければ政はできぬ」と、自らの役割を自覚した逃げない人物として描いている。むしろしたり顔で正義を主張する儒者の上原与市を、「耳に聞こえがよいかもしれぬが、実のところは何の役にも立たぬ」と辛辣であるところに、作者の現実感覚を垣間見ることもできよう。

人が生きるということ、それは自分が自分であることをどこまで貫けたかということであるなら、「想う人」のために生きられることの強さと幸せにしみじみ憧れる。

（いまがわ　ひでこ／北九州市立文学館館長）

風花帖《かざはなじよう》

朝日文庫

2016年10月30日　第1刷発行

著　者　葉室《はむろ》　麟《りん》

発行者　友澤和子
発行所　朝日新聞出版
〒104-8011　東京都中央区築地5-3-2
電話　03-5541-8832（編集）
03-5540-7793（販売）
印刷製本　大日本印刷株式会社


Published in Japan by Asahi Shimbun Publications Inc.
定価はカバーに表示してあります

ISBN978-4-02-264829-7

山本　一力
**五二屋《ぐにや》傳蔵《でんぞう》**
幕末の江戸。鋭い眼力と深い情で客を迎える質屋「伊勢屋」の主・傳蔵と盗賊頭の龍冴、男たちの知略と矜持がぶつかり合う。〔解説・西上心太〕

あさの　あつこ
**花宴《はなうたげ》**
武家の子女として生きる紀江に訪れた悲劇——。過酷な人生に凛として立ち向かう女性の姿を描き夫婦の意味を問う傑作時代小説。〔解説・縄田一男〕

夢枕　獏
**天海の秘宝**（上）（下）
「宮本武蔵」を名乗る辻斬り、凶悪な盗賊団「不知火」……江戸に渦巻く闇にからくり師と剣豪コンビが挑む、奇想の時代長編！〔解説・高橋敏夫〕

乙川　優三郎
**さざなみ情話**
心底惚れ合った遊女を身請けするため、命懸けの商いに手を染める船頭・修次。希望を捨てずに生き抜く人々の姿を描く長編時代小説。〔解説・川本三郎〕

乙川　優三郎
**麗しき花実**
日陰の恋にたゆたう女蒔絵師の理野。独自の表現を求め、創作に命を注ぐ彼女の情炎を描いた長編小説。続編「渓声」を収録。〔解説・岡野智子〕

辻原　登
**花はさくら木**
《大佛次郎賞受賞作》
江戸中期、朝廷・幕府・豪商の思惑が入り乱れる京・大坂を舞台に、内親王や田沼意次が大活躍。人と歴史が綾なす壮大な歴史小説。〔解説・池澤夏樹〕